Pedro Calderón de la Barca

La aurora en Copacabana

Créditos

Título original: La aurora en Copacabana.

© 2024, Red ediciones S.L.

e-mail: info@Linkgua-ediciones.com

Diseño de cubierta: Michel Mallard.

ISBN tapa dura: 978-84-1126-369-6.
ISBN rústica: 978-84-96428-47-8.
ISBN ebook: 978-84-9953-185-4.

Cualquier forma de reproducción, distribución, comunicación pública o transformación de esta obra solo puede ser realizada con la autorización de sus titulares, salvo excepción prevista por la ley. Diríjase a CEDRO (Centro Español de Derechos Reprográficos, www.cedro.org) si necesita fotocopiar, escanear o hacer copias digitales de algún fragmento de esta obra.

Sumario

Créditos _____ 4

Brevísima presentación _____ 7
   La vida _____ 7

Personajes _____ 8

Jornada primera _____ 9

Jornada segunda _____ 67

Jornada tercera _____ 123

Libros a la carta _____ 181

Brevísima presentación

La vida
Pedro Calderón de la Barca (Madrid, 1600-Madrid, 1681). España.
Su padre era noble y escribano en el consejo de hacienda del rey. Se educó en el colegio imperial de los jesuitas y más tarde entró en las universidades de Alcalá y Salamanca, aunque no se sabe si llegó a graduarse.
Tuvo una juventud turbulenta. Incluso se le acusa de la muerte de algunos de sus enemigos. En 1621 se negó a ser sacerdote, y poco después, en 1623, empezó a escribir y estrenar obras de teatro.
Lope de Vega elogió sus obras, pero en 1629 dejaron de ser amigos tras un extraño incidente: un hermano de Calderón fue agredido y, éste al perseguir al atacante, entró en un convento donde vivía como monja la hija de Lope.
Entre 1635 y 1637, Calderón de la Barca fue nombrado caballero de la Orden de Santiago. Por entonces publicó veinticuatro comedias en dos volúmenes y *La vida es sueño* (1636). En la década siguiente vivió en Cataluña y, entre 1640 y 1642, combatió con las tropas castellanas. Sin embargo, su salud se quebrantó y abandonó la vida militar. Entre 1647 y 1649 la muerte de la reina y después la del príncipe heredero provocaron el cierre de los teatros, por lo que Calderón tuvo que limitarse a escribir autos sacramentales.
Calderón murió mientras trabajaba en una comedia dedicada a la reina María Luisa.

La aurora en Copacabana se refiere al santuario de Copacabana, ubicado en un pequeño pueblo a orillas del lago Titicaca. Aunque habían sido cristianizados, sus habitantes creían en sus antiguas supersticiones. Solo las malas cosechas provocaron que una de las comunidades del pueblo, los Anansayas, decidiese erigir una cofradía en honor de la Virgen de la Candelaria. Calderón de la Barca escribió esta obra ambientada en este entorno; conocía los textos de los cronistas de América y supo recrear estos datos con sorprendentes alusiones al escultor indio Tito Yupanguí, autor de la actual imagen que se venera en Copacabana. En *La aurora en Copacabana* Yupanguí parece iluminado por la religión cristiana, al ver cómo la Virgen salva a los suyos de un incendio.

Personajes

Acompañamiento
Almagro
Candia
Cuatro damas sacerdotisas
Don Gerónimo Marañón, gobernador
Don Lorenzo de Mendoza, conde de Coruña
Dos ángeles
Glauca
Guacolda
Guáscar Inca, rey
Iupangui
La Idolatría
Marineros
Música
Pizarro
Soldados
Tucapel
Un dorador
Un indio llamado Andrés
Un joven
Un sacerdote indio
Unos indios

Jornada primera

(Dentro instrumentos y voces, y salen en tropa todos los que puedan vestidos de indios, cantando y bailando; Iupangui, indio galán, un sacerdote, Glauca, y Tucapel y, detrás de todos, Guáscar Inca, rey. Todos con arcos y flechas.)

Iupangui   En el venturoso día
que Guáscar Inca celebra
edades del Sol, que fueron
gloria suya y dicha nuestra,
¡prosiga la fiesta!

Música   «Prosiga la fiesta,
y aclamando a entrambas deidades,
del Sol en el cielo, y del Inca en la tierra,
al son de las voces repitan los ecos
que viva, que reine, que triunfe y que venza.»

Inca   ¡Cuánto estimo ver que a honor
de la consagrada peña,
que desde Copacabana
sobre las nubes se asienta
en hacimiento de gracias
de haber sido la primera
cuna del hijo del Sol,
de cuya clara ascendencia
mi origen viene, os mostréis
tan alegres!

Iupangui   Mal pudiera
nuestra obligación faltar
a tanta heredada deuda.
Cinco siglos, gran señor,
de dádiva tan excelsa

| | como darnos a su hijo
| | para que tú de él desciendas
| | se cumplen, y hoy otros cinco
| | ha que cada año renuevan
| | la memoria de aquel día
| | todas tus gentes, en muestra
| | de cuánto a su luz debimos.
| | Y así, no nos agradezcas
| | festejos que de dos causas
| | nacen hoy: una, que seas
| | tú nuestro monarco, y otra,
| | que al culto en persona vengas,
| | a cuyo efecto hasta Tumbez
| | donde el Sol su templo ostenta,
| | a recibirte venimos
| | diciendo en voces diuersas...

Él y música   «Que vivas, que reines,
                  que triunfes y que venzas.»

Inca   De una y otra causa, a ti
                  no poca parte te empeña,
                  Iupangui, pues que no ignoras
                  desciendes también de aquella
                  primera luz, por quien de inca
                  ya que no la real grandeza,
                  la real estirpe te toca.

Iupangui   Mi mayor fortuna es ésa.
(Aparte.)   (Bien que mi mayor fortuna,
                  si he de consultar mis penas,
                  no es sino ser el felice
                  día en que a Guacolda, bella
                  sacerdotisa del Sol,

	llegué a ver. ¡Ay de fineza,
	que al cabo del año, y día
	está con mirar contenta!)
Sacerdote	Pues en tanto que llegamos
	a la falda de la sierra
	donde las sacerdotisas
	de este templo es bien que vengan,
	puesto que allá ha de ser hoy
	la inmolación de las fieras
	que llevamos encerradas
	para sus aras sangrientas,
	prosiga el canto.
Glauca	Bien dice.
	El baile, Tucapel, vuelva.
Tucapel	Es por mostrar, Glauca, cuanto
	de hacer mudanzas te precias.
Iupangui	¡Que siempre habéis de reñir!
Los dos	¿Pues quién sin reñir se huelga?
Iupangui	¿Ni quién, sino yo, tendrá
	para sufriros paciencia?
Música	«Prosiga la fiesta,
	y aclamando a entrambas deidades,
	del Sol en el cielo, y del Inca en la tierra,
	al son de las voces repitan los ecos,
	que viva, que...»

(Dentro a lo lejos.)

Voces	¡Tierra, tierra!
Inca	¡Oid! ¿Qué extrañas voces son las que articuladas suenan como humanas, sin saber lo que nos dicen en ellas?
Iupangui	No extrañéis que en estos montes voces se escuchan tan nuevas, pues tantos ídolos tienen como peñascos sus selvas. Desde aquí a Copacabana no hay flor, hoja, arista o piedra en quien algún inferior dios no dé al Sol obediencia. Y así, no solo se oyen aquí equívocas respuestas de idiomas que no entendemos, pero se ven varias fieras que por los ojos y bocas fuego exhalan y humo alientan. Y ¿qué mayor que haber visto una escamada culebra, tal vez, que todo el contorno enroscadamente cerca hasta morderse la cola dando a su círculo vuelta, como que da a entender cuánto es misteriosa la selva a quien hacen guarda tales prodigios?
Inca	Que ésta lo sea

	no será razón que a mí
	me turbe ni me suspenda.
	¡Prosiga la fiesta!
Música	«Prosiga la fiesta.»

(Bailan.)

	«Y aclamando a entrambas deidades,
	del Sol en el cielo, y del Inca en la tierra,
	al son de las voces repitan los ecos
	que viva, que reine, que triunfe y que venza.»

(Dentro Pizarro y los españoles a lo lejos.)

Pizarro	Pues ya vemos tierra, ea,
	para arribar a su orilla,
	amaina.
Todos	Amaina la vela.

(Dejan los indios de bailar.)

Inca	Callad, pues vuelven las voces,
	por si podéis entenderlas.
Uno	¡Silencio!
Otro	¡Silencio!
Guacolda (Dentro.)	¡Ay triste!
Inca	¿Qué nuevo eco se lamenta
	ya en nuestro idioma?

Tucapel	El de una
mujer y, según las señas,
sacerdotisa.
Iupangui (Aparte.)	(Guacolda
es la que diciendo llega.)

(Sale Guacolda como asustada.)

Guacolda	Valientes hijos del Sol,
cuya clara descendencia
hasta hoy lográis en el grande
Inca que en vosotros reina,
suspended los sacrificios
que a su alta deidad suprema
preuenís, y acudid todos
a mi voz y a la ribera
del mar a ver el prodigio
que a nuestros montes se acerca.
Inca	Hermosa sacerdotisa
cuya divina belleza
te acredita superior
a cuantas el claustro encierra
a su deidad consagradas,
(Aparte.)	¿qué es esto? (Hablar puedo apenas,
admirado en hermosura
tan rara.) Cuando te espera
tanto concurso a que tú
sus ricos dones ofrezcas,
ien vez de venir festiva
y acompañada de bellas
ninfas del Sol, sola, triste,

	confusa, absorta y suspensa / a turbarlos vienes!
Guacolda	No me culpes hasta que sepas, generoso Guáscar Inca, la causa.
Inca	¿Qué causa es?
Guacolda	Ésta...
lupangui (Aparte.)	(¿Quién creerá que muero yo por saberla y no saberla?)
Guacolda	De ese templo que a la orilla del mar brilla en competencia del que a la orilla también de la laguna que cerca de Copacabana el valle yace, a vista de la peña en cuya eminente cumbre el Sol na aurora bella amaneció para darnos a su hijo, porque fuera no menos noble el cacique que domine las setenta y dos naciones que hoy, después de partir herencias con tu hermano Atabaliba, mandas, riges y gobiernas. De ese templo, otra vez digo, salí con todas aquéllas que al Sol dedicadas, hasta

que por su muerte merezcan
ser su víctima algún día,
viven a su culto atentas,
con deseo de llegar
tan rendida a tu presencia,
que fuesen mi alma y mi vida
el primer don de la ofrenda,
cuando volviendo los ojos
al mar vimos en su esfera
un raro asombro, de quien
no sabré darte las señas.
Porque si digo que es
un escollo que navega,
diré mal, pues para escollo
le desmiente la violencia;
si digo preñada nube
que a beber al mar sedienta
se abate, diré peor,
porque viene sin tormenta;
si digo marino pez,
preciso es que me desmientan
las alas con que volando
viene; si digo velera
ave el que nadando viene,
también desmentirme es fuerza;
de suerte que a cuanto viso
monstruo es de tal extrañeza
que es escollo en la estatura,
que es nube en la ligereza
y aborto de mar y viento,
pues con especies diversas,
pez parece cuando nada
y pájaro cuando vuela.
Los gemidos que pronuncia

voces son de extraña lengua
que hasta hoy no oímos. Al verle
todas huyeron ligeras
a salvar la vida, viendo
que si a tierra una vez llega,
será en vano que la huída
las ampare ni defienda,
pues quien corre tan veloz
por el mar ¿qué hará por tierra?
Sola yo, no al valor tanto
como al desmayo sujeta,
absorta me quedé; y viendo
que habían cerrado las puertas
del templo a mi retirada,
ni bien viva ni bien muerta
hasta este sitio he llegado,
donde para que no creas
más a mi voz que a tus ojos,
te pido que al mar los vuelvas.
Mírale, pues cuán horrible
ya a las orillas se acerca.
Sálvete, señor, la fuga,
pues no puede la defensa.

Inca ¿La fuga salvarme a mí,
contra quien en vano engendran
portentos ni tierra ni agua
ni aire ni fuego? Las flechas
que contra otros animales,
bien que no de igual fiereza,
emponzoñadas usamos
de mil venenosas yerbas
contra éste, flechad; que yo
seré el primero que emprenda

	lograr el tiro.
Iupangui	A tu vida
	mi pecho el escundo sea.
(Aparte.)	(¡Ay Guacolda, si entendieses
	tan equívoca fineza
	que es lealtad cuando me obliga,
	y es amor cuando me fuerza!)
Guacolda (Aparte.)	(¡O, si tú, Iupangui, vieses
	los pesares que me cuestas!)
Todos	Todos haremos lo mismo.
Tucapel	Sino yo. Glauca…
Glauca	¿Qué intentas?
Tucapel	…que tú te pongas delante, con que a todos nos remedias.
Glauca	¿Yo a todos?
Tucapel	Sí.
Glauca	¿Como?
Tucapel	Como
	si te coge la primera
	a ti, de ti quedará
	tan ahíto, que no tenga
	hambre para los demás.
Inca	Pues ya que la lealtad vuestra

	en mi defensa se ponga
	no venga a ser en mi ofensa.
	Igual con todos haremos
	ala, y de nuestras saetas,
	tan espesa sea la nube
	que sobre su escama llueva
	los congelados granizos
	de piedra y pluma, que muera
	en las ondas desangrada.

Pizarro (Dentro.)   Echa el áncora y aferra,
haciendo a esos montes salva.

Guacolda   ¿Qué esperáis cuando ya expuesta
al tiro está?

(Al disparar ellos al vestuario, disparan dentro una pieza, y todos los indios se espantan. Dentro voces.)

Voces   Dale fuego.

Unos   ¡Qué asombro!

Otros   ¡Qué horror!

Todos   ¡Qué pena!

Tucapel   ¡Qué bravo metal de voz
tiene la señora bestia!

Inca   Monstruo que con tal bramido
al verse herido se queja,
de los abismos, sin duda,
aborto es.

Guacolda	Pues no aprovechan contra él las flechadas iras de nuestros arcos y cuerdas, defiéndanos de los montes la espesura.
Todos	Entre sus breñas nos amparemos.

(Vanse los indios, y quedan solos Inca e Iupangui.)

Inca	¡Cobardes, así a vuestro rey se deja! Pero ¿qué importa si quedo yo conmigo?
Iupangui	Considera que cuando de conocido la vida, señor, se arriesga, todos dicen que es valor, mas ninguno que es prudencia. En ventajosos peligros donde no alcanza la fuerza, alcanze la industria.
Inca	¿Cómo?
Iupangui	Manda desatar las fieras que están para el sacrificio en diversas grutas presas; y fieras a fieras lidien, cebándose antes en ellas, que no en las gentes, aquese

                        asombro.

Inca   Bien me aconsejas;
                        ceda el brío a la razón
(Aparte.)   una vez. (Mejor dijera
                        ceda al gusto, pues por solo
                        salvar la vida de aquella
                        hermosa sacerdotisa
                        lo acepto.)

Iupangui (Aparte.)   (Guacolda bella
                        ya cumplí con la lealtad,
                        cumpla ahora con la fineza.
                        ¿Dónde el temor te ha llevado?)

(Vanse. Dentro voces.)

Voces   ¡Al monte, al monte!

(Descúbrese la nave, y en ella Pizarro, Almagro, Candia y Marineros.)

Pizarro   La tierra
                        que desde aquí se descubre
                        no es, como las otras, yerma
                        que atrás dejamos, pues toda
                        coronando de sus tierras
                        las más eminentes cimas,
                        se ve de gentes cubierta.

Almagro   ¡Gracias a Dios, gran Pizarro,
                        que después de tantas deshechas
                        fortunas, naufragios, calmas,
                        hambres, sedes y tormentas
                        como habemos padecido

desde que abriendo las sendas
del mar del norte al del sur,
atravesamos la Nueva
España, y en Panamá
nos hicimos a la vela.
Gracias a Dios otra vez
y otras mil a decir vuelva,
que después de tantos riesgos,
ansias, sustos y tragedias,
hemos llegado a lograr
el descubrimiento de estas
Indias que hasta hoy ignoradas,
solamente supo de ellas
la estudiosa geografía
de quien halló por su ciencia
el ser preciso, que siendo
el orbe circunferencia,
hubiese, mientras no daba
una nave al mundo vuelta,
aquella remota parte
que no constaba encubierta!

Pizarro   Ya que a solo descubrirla
venimos, bástenos verla
el día que no tenemos
para su conquista fuerzas.
Y así, pues estas noticias
son el fin de nuestra empresa,
volvamos, ya que tenemos
de estos mares experiencia,
donde mejor prevenidos
de más pertrechos de guerra,
más navios y más gente,
víveres, pólvora y cuerda,

           volvamos a su conquista
           en nombre del quinto César
           Carlos que felize viva.

Candia   Fuerza será, pues no quedan
           de los treinta que salimos,
           más que trece hombres que sepan
           de armas tomar, y la gente
           de mar, poca, y ésa, enferma.
           Pero antes que nuevos rumbos
           tomemos para la vuelta,
           será bien, ya que llegamos
           aquí, que llevemos de estas
           remotas partes —porque
           podrá ser cuando nos vean,
           que si lo creen los valientes
           los cobardes no lo crean—
           algunas señas bien como
           frutas, árboles o yerbas
           que allá no haya; y fuera de esto
           será también acción cuerda,
           por si el mar que siempre ha sido
           teatro de contingencias
           acabare con nosotros,
           y otros al mismo fin vengan,
           dejar señas de que aquí
           llegamos, y no se adquieran
           la gloria de que ellos fueron
           los primeros en empresa
           tan ardua y dificultosa.

Pizarro   ¿Qué señas han de ser ésas
           que aquí podamos dejarlas?

Candia	¿Qué más declaradas señas, pues es la propagación de la fe causa primera, que una cruz en esos montes, pues nadie habrá que la vea, que no diga, «Aquí llegaron españoles, que ésta es muestra del celo que los anima y la fe que los alienta»?
Pizarro	No solo es heroica, pero es religiosa propuesta.
Almagro	Pues ya que es de otro el consejo, porque alguna parte tenga en acción tan generosa, mía la ejecución sea. Yo iré a tierra en el esquife.
Candia	Eso no; ni es bien se entienda, señor don Diego de Almagro, que en aquesta conferencia, siendo la propuesta mía, sea la ejecución vuestra. Mío fue el voto, y el riesgo mío ha de ser.
Almagro	Por la mesma razón es bien que partamos en dos la diferencia. Contentaos, Pedro de Candia, con que vuestro el voto sea, y dejadme a mí la acción.
Candia	Primero que yo consienta...

Almagro	Primero que yo...
Pizarro	¿Qué es esto? Ved que la amistad nuestra a todos nos hizo iguales. En llegando a competencias, del puesto, usaré con que el rey mis servicios premia, pues vengo por General; y al que no mire, no atienda que estoy aquí...
Los dos	Pues da el orden a quien a ti te parezca.
Pizarro	Sí haré. Perdonad, Almagro, que hace esta razón más fuerza. Id, Pedro de Candia, vos.
Candia	Piloto, el esquife echa al agua, mientras que yo mis armas tome y prevenga el cruzado leño.
(Vase.)	
Pizarro	En tanto, para que de la ribera la gente huya amedrentada, y el mayor espacio tenga, da fuego a otra pieza.

(Disparan, y cúbrese la nave. Dentro voces.)

Voces	¡Cielos, clemencia! ¡Cielos, clemencia!

(Saca Iupangui a Tucapel arrastrando.)

Tucapel	¿Cómo quieres que los cielos de ti —¡ay, infeliz!— la tengan si tú de mí no la tienes, arrastrándome por fuerza a vista de aquese horrible parapeto que bosteza truenos y estornuda rayos?
Iupangui	Si en la confusión primera que escuchamos su bramido huyó Guacolda, y por ella preguntando, me dijiste que había venido por esta parte, ¿qué extrañas traerte y que en salvo el Inca queda, y ella no parece —¡ay, triste!— a que me digas la senda por dónde echó?
Tucapel	No es muy fácil el saber por dónde echa una niña que encerrada está, el día que se suelta. Por aquí vino, mas no sé por dónde escapó.
Iupangui	Estrella siempre a mi elección afable

                        y siempre a mi dicha opuesta,
                        dime de Guacolda. Pero
                        si es mi empeño defenderla
                        de aquel asombro, con que
                        yo de vista no le pierda,
                        sabré el rato, que a él le veo
                        y a ella no, que él no la ofenda
                        y que ella está asegurada,
                        consolando la tristeza
                        de no verla yo, con ver
                        que él tampoco puede verla.
                        Y así yo solo en la playa,
                        desvelada centinela
                        he de ser de sus acciones.

Tucapel   Si has de ser tú solo, deja
                        que yo me vaya.

Iupangui   Eso no.

Tucapel   Pues ¿como, di, se concuerda
                        solo y conmigo?

Iupangui   Muy bien,
                        pues en el punto que él venga
                        acercándose a la orilla,
                        te irás...

Tucapel   ¡Linda cosa es ésa!

Iupangui   ...a decir que se desaten
                        las fieras.

Tucapel   Ya no es tan buena...

	las fi... ¿qué?
Iupangui	Las fieras, digo;
	pues sabiendo donde queda,
	con huir tú hacia aquella parte
	darán con el monstruo ellas.
Tucapel	Y ellas y el monstruo conmigo,
	que será una diligencia
	muy saludable.
Iupangui	Oye y calla,
	que aun hay más terror que piensas.
Tucapel	Mucho será.
Iupangui	¿No reparas
	en que él en el mar se queda,
	y que de su vientre arroja
	otro menor?
Tucapel	Voy apriesa
	a traer las fieras.
Iupangui	Aguarda,
	que aunque éste a la orilla llega,
	tampoco sale a la orilla
	donde de su seno echa
	un hombre, al parecer.
Tucapel	¡Cielos!
	¿Qué generación es ésta
	que una bestia grande pare
	otra pequeñita bestia,

	y esta bestia pequeñita un hombre?
Iupangui	Y de raras señas así en el blanco color del rostro como en la greña del cabello y de la barba, cuya admiración aumentan el traje y modo de armas que trae.
Tucapel	Voy a que prevengan las fieras contra él.
Iupangui	Detente, que es de mi valor flaqueza el pensar que para un hombre he menester yo defensas, mayormente cuando entrando voy en no sé qué sospecha tal que aunque puedo tirarle desde aquí, será bajeza matarle sin apurar que maravillas son éstas. Saldréle al paso.
Tucapel	Yo no, ni aun huir podré ya. Esta quiebra me ha de esconder.

(Escóndese, y sale Candia armado con una cruz de dos troncos bastos.)

Candia	Cuando digan las edades venideras

| | que don Francisco Pizarro
| | quebró del mar las primeras
| | ondas del sur en demanda
| | del descubrimiento de estas
| | nuevas Indias de occidente,
| | digan también que fue en ella
| | Pedro de Candia, el primero
| | que puso el pie en sus arenas.

Iupangui   Hombre aborto de la espuma
                     que esa marítima bestia
                     sorbió, son duda, en el mar
                     para escupirle en la tierra,
                     ¿quién eres? ¿De dónde vienes
                     y dónde vas?

Candia (Aparte.)   (De su lengua
                     el frase no entiendo, pero
                     de su acción es bien que entienda
                     que debe de ser cacique
                     de valor y de nobleza,
                     pues cuando desamparada
                     toda la marina dejan,
                     solo él queda en la marina.)

Iupangui   ¿Cómo no me das respuesta?
                     ¿Quién eres? ¿De dónde vienes?
                     ¿Y dónde vas?

Candia   Si te alteras
                     de ver mi nave en tus mares
                     y mi persona en tus selvas,
                     óyeme y sabrás la causa

Iupangui (Aparte.)	(Como yo, habla sin que infiera
lo que me dice.)
Tucapel (Aparte.)	(Que se hablen
dos que uno ni otro sepan
lo que se dicen no es nuevo.)
Iupangui	Si eres humano y deseas
hallarte en los sacrificios
que al Sol hacemos, y en prueba
de que al dios de rayos buscas
forjando sus truenos, llega;
de paz te recibiremos.
Dinos pues, ¿qué es lo que intentas?
Candia	Noble cacique, que bien
tu valor lo manifiesta,
no de tus minas de oro,
no la plata de sus venas
me trae en su busca. El celo,
sí; la religión suprema
de un solo Dios, y sacarte
de idolatría tan ciega
como padeces, a cuyo
efecto ésta es la bandera

(Levanta la cruz.)

	de su cristiana milicia
la más estimada prenda.
Iupangui	Sin saber lo que me dices
sé lo que decirme intentas,
pues arbolando ese tronco

                    contra mí bien claro muestras
                    que me llamas a batalla;
                    y así, en el arco la flecha
                    te responderá.

(Flecha el arco.)

Candia   Aunque ignoro
                    qué es lo que decirme intentas,
                    no ignoro que a lid me llamas,
                    pues embebida la cuerda
                    me aguardas. Dispara pues,
                    mas mira que si me yerras,
                    has de morir a este acero.

Iupangui   De la ventaja que lleva
                    el ser mi arma arrojadiza,
                    y no la tuya me pesa,
                    porque más quisiera a brazos
                    rendirte, que no que mueras...
                    Mas ¿qué es esto? ¿Quién me pasma
                    la mano que helada tiembla,
                    el corazón que no late
                    y el suspiro que no alienta?
                    Pero ¿qué mucho, qué mucho
                    que todo —¡ay de mí!— fallezca,
                    si el resplandor que me abrasa
                    carámbano es que me hiela?

(Caésele el arco.)

                    Tronco que despide rayos
                    y a puras luces me ciega,
                    más es que tronco. No huyo

                            de ti, quien quiera que seas,
                            sino de tan ventajosas
                            armas que a hechizos me venzan.
                            Soltad las fieras, porque

(Yéndose.)

                            cebe su veneno en ellas
                            este tósigo de luces
                            que a mí me asombra y me ahuyenta.
                            ¡Y, a la selva, al valle, al monte,
                            peruanos, que hoy son tierra
                            y mar abismos de abismos
                            contra nosotros!

(Vase, y al ir tras él, Candia da con Tucapel.)

Candia   Espera;
                    tras él... Mas ¿quién está aquí?

Tucapel (Aparte.)   (¡O, quién decirle supiera
                    que soy tonto, y que de un tonto
                    es más tonto el que hace cuenta!
                    Yo sí, cuando...)

Candia   Aguarda; no huyas.

(Dentro voces.)

Voces   ¡Al monte, al valle, a la selva,
                    que las fieras se desatan!

Tucapel   (...más que el primero que encuentran
                    soy yo.)

Candia   ¡Ay, infeliz! ¿Qué miro?
De las profundas cabernas
de estas montes bostezando
nuevos horrores sus quiebras,
mil feroces animales
toda la marina pueblan,

(Salen un león y un tigre haciendo lo que dicen los versos.)

y de ellos un león y un tigre,
garras aguzando y presas
a mí se vienen. Aunque es
imposible la defensa,
moriré matando. Pero
por más furiosos que llegan,
en viéndome se reparan
y en vez de embestirme, tiemblan.
Con que el león, arrastrando
la desgreñada melena
de sus coronados rizos,
y el tigre, pecho por tierra,
vienen postrando a mis plantas
las nunca domadas testas.
Justo es que yo corresponda
a tan cortesana deuda.

(Hlágalos.)

Tucapel   ¡Oigan cómo los regala,
y cómo ellos le festejan!
¿Quién tigre de falda vio,
y león de brazos, que juegan
con su dueño y él con ellos

                    haciéndose muchas fiestas?

Candia   Señor, pues este fauor
                    tan anticipado premia
                    el deseo de arbolar
                    vuestra militar bandera
                    entre estos bárbaros, donde
                    vuestra fe plantada crezca,
                    en vuestro nombre, subiendo
                    a este risco, en su eminencia
                    la fijaré.

(Sube a lo alto del monte.)

Tucapel   ¡Ay de mí! ¡Que entre
                    el león y el tigre me deja!
                    Mas yendo tras él seguro
                    iré. Pero en su defensa
                    se vuelven contra mí.

Candia   Ahora
                    que ya tremolado queda,
                    de este bruto valuarte
                    en la más rústica almena,
                    vuestro estandarte, Señor,

(Deja la cruz y baja, cortando ramas.)

                    volveré al mar con las señas
                    de estas ramas y estos frutos,
                    y este indio de quien la lengua
                    aprendamos para que
                    la entendamos a la vuelta.
                    Ven tú conmigo; ya vosotros

	amigos...
Tucapel	¡Ay, que se acercan!
Candia	...quedad en paz. Que me vaya yo en paz, que me dicen, muestran volviendo al monte. Ven tú.
Tucapel	Glauca, pues ves que me llevan a ser de una bestia pasto, no seas pasta de otras bestias tú en mi ausencia.
Candia	¡Nuevos mundos, cielos, Sol, Luna y estrellas, aves, peces, fieras, troncos, montes, mares, riscos, selvas, buena prenda os dejo en fe de que si hoy la gente vuestra adora al Sol que amanece hijo de la aurora bella, vendrá tan feliz día que sobre estas mismas peñas con mejor Sol en sus brazos, mejor aurora amanezca!

(Vase, llevando a Tucapel, y sale la Idolatría vestida de negro con estrellas, espada y bengala.)

Idolatría	Primero que ese día llegue a ver yo, que soy la Idolatría de esta bárbara gente que en los trémulos campos de occidente, sin saber de otro Sol ni de otra aurora,

por adorar la luz, la sombra adora.
Primero, otra vez digo, que ese día
contra la inmemorial posesión mía
el Perú llegue a ver en su campaña
las invasiones de la Nueva España,
verá si Dios la acción no me limita
y los poderes que me dio me quita;
que mis ansias, mis penas y temores
con el mágico horror de mis horrores
perturban de manera
de tierra y mar, hoy una y otra esfera,
que el mar, antes que de esta hallada playa
a aquel bajel con las noticias vaya,
le embata, le zozobre y le persiga,
por más que ahora viento en popa diga
en mi oprobio y mi ultraje...

(Dentro.)

Pizarro   Vira al mar.

Todos   Buen viaje, buen pasaje.

Idolatría   Y la tierra también verá en sus daños
revalidar error de tantos años,
no tan solo volviendo al ejercicio
de él que dejó suspenso sacrificio,
pero aun con más terror, pues si antes era
víctima bruta esta o aquella fiera,
ahora he de hacer que víctima sea humana,
porque siendo como es Copacabana
templo del Sol, y su ara aquella peña
contra quien puso el español por seña
el cruzado madero,

                        a cuya vista pasmo, gimo y muero;
                        en ella es bien —sin que atreverme pueda
                        a sus ultrages, porque no suceda
                        lo que en la Nueva España,
                        que arbolando otra cruz otra montaña,
                        hice ponerla fuego,
                        y ardiendo sin quemarse, lo que el ciego
                        insulto consiguió, en vez de abrasarla
                        fue temerla, admitirla y venerarla—.
                        Y así digo otra vez, sin que me atreva
                        a que este vulgo en su baldón se mueva,
                        es bien satisfacer mi desvarío,
                        con que a su vista el sacrificio mío,
                        con sacrílego intento
                        trascienda desde bárbaro a cruento;
                        a cuyo efecto, ya en suaves voces,
                        ya en voces tristes sonarán veloces
                        en todo el monte oráculos diciendo...

(Dentro.)

Todos   ¡Albricias, que ya el monstruo se va huyendo!

Idolatría   Pero no, no prosiga;
                        dígalo el tiempo sin que yo lo diga,
                        pues vuelven a juntarse, repitiendo...

Ella y todos   ¡Albricias, que ya el monstruo se va huyendo!

(Vase, y salen Inca, Guacolda y las cuatro damas sacerdotisas, el sacerdote, Glauca, la Música y todos los indios e indias que puedan, con arco y flechas.)

Guacolda   ¿Qué mucho, si en hileras
                        el armado escuadrón vio de las fieras

                        contra él tan prevenido?
                        ¿Quién duda que haya sido
                        quien irse sin salirse a tierra le hace?

(Sale Iupangui.)

Iupangui   No, señor; de más alta causa nace
                        su vuelta y su venida;
                        maravlla mayor hay escondida.

Inca   ¿Cómo?

Iupangui   Como volviendo a la ribera
                        en dejándote a ti, por si pudiera
                        averiguar quien tanto horror nos daba,
                        pequeña embarcación vi que arrojaba
                        al mar bien como algunas
                        balsas en que surcamos las lagunas.
                        Aquí empecé a formar primera idea
                        de que más que animal, fábrica sea.
                        Confirmólo después ver cuánto asombre
                        que esta balsa arrojase a tierra un hombre
                        de extraño aspecto. Referir no quiero
                        que le hablé y que me habló, si considero
                        que no nos entendimos,
                        y no puedo decir qué nos dijimos.
                        Baste saber que en duelo tan prolijo
                        dijo la acción lo que la voz no dijo.
                        Un tronco que traía
                        arboló contra mí; la aljaba mía
                        un harpón contra él, pero al instante
                        que le quise flechar, una radiante
                        luz me cegó, y el brazo entumecido
                        tras el arco y harpón, perdí el sentido

| | Culparás mi pavor, pues no le culpes
hasta que con las fieras disculpes.
Yo vi a lo lejos que un león le hacía
brutos halagos cuya acción seguía
un tigre, y que de ambos amparado,
subió a ese risco en que dejó fijado
sobre su pardo ceño
del basto tronco el no labrado leño;
con que volviendo al mar, llevó consigo
a Tucapel, criado que conmigo
estaba en la marina. |
|---|---|
| Glauca | ¿Cómo dices no ser cosa divina
la que daño no ha hecho
a nadie y me ha hecho a mí tanto provecho? |
| Sacerdote | Calla, necia. |
| Iupangui | De suerte
que si en la razón advierte,
en la que naturalmente me fundo
sin que el discurso deba nada al arte,
es que debe de haber de esotra parte
del mar otra república, otro mundo,
otra lengua, otro traje y otra gente;
y aquésta tan mañosa o tan valiente
que se ha sabido hacer con singulares
fábricas, vivideros esos mares;
y para más desmayos,
se ha sabido forjar truenos y rayos
con relámpagos tales
que deslumbran a hombres y animales.
¿Y pensar que han movido tanto empeño
como venirse a playas extranjeras |

	y para solo colocar un leño,
	vivir ondas, traer rayos, domar fieras?
	No, señor, no es posible;
	aquí hay misterio más incomprensible.
	Y así es bien discurramos
	qué hemos de hacer, y que nos prevengamos
	por si otra vez volviere,
	y prevenidos, sea lo que fuere.
Inca	A tu suceso atento,
	menos le alcanzo, cuanto más le siento;
	y así, no sé, no sé lo que debamos
	hacer.
Sacerdote	Yo sí.
Inca	¿Qué es?
Sacerdote	Que prosigamos,
	dejándonos plantado ahí ese bruto
	leño hasta ver qué flor nos da o qué fruto,
	el sacrificio, y todos invoquemos
	hasta su templo al Sol, por si podemos
	alcanzar que nos diga
	qué hemos de hacer.
Iupangui	Y es justo.
Guacolda	Pues prosiga
	la invocación, mas con tan otro acento,
	que lo que fue armonía sea lamento.
Inca	Hermoso padre del día,
	¿de tanta confusión, di,

                        querrás restaurarnos?

(Dentro Idolatría cantado.)

Idolatría   Sí.

Inca   Ya respondió a la voz mía.

Guacolda   Pues ¿qué debemos hacer,
                      si a mí te mueves a darme
                      también respuesta?

Idolatría   Obligarme.

Sacerdote   Si obligándote ha de ser,
                         ¿con qué te podrá obligar
                      mérito que aunque se crea,
                      obrar no sabe?
Idolatría   Desea.

Sacerdotisa 1   Ya que es mérito desear,
                         yo deseo saber ¿qué
                      naturaleza tirana
                      fue la que aquí llegó?
Idolatría   Humana.

Iupangui   Si humana, cual dices, fue,
                         ¿cómo asombra con horrores,
                      y deja tan confundida
                      la razón, la alma y la...?
Idolatría   Vida.

Sacerdotisa 2   Porque de él todo mejores
                         nuestra ciega confusión,

	¿cuál será el mejor indicio de nuestra fe?
Idolatría	El sacrificio.
Sacerdotisa 3	Si los sacrificios son el mejor ruego, a ellos vamos.
Sacerdotisa 4	Haz que aquéste en que hoy se emplea tu pueblo, sea acepto.
Idolatría	Sea.
Inca	De todo cuanto escuchamos, nada inferimos.
Sacerdote	Sí, hacemos, si de lo que ha respondido componemos el sentido.
Iupangui	¿Y cómo le compondremos?
Sacerdote	Diciendo cada uno, ya que a todos nos respondió, lo que a él dijo.
Inca	¿Empiezo yo?
Guacolda	Sí, y mi voz te seguirá.
Inca	Si...
Idolatría	Si...

Guacolda	Obligarme...
Idolatría	Obligarme...
Sacerdote	Desea...
Idolatría	Desea...
Sacerdotisa 1	Humana...
Idolatría	Humana...
Iupangui	Vida...
Idolatría	Vida...
Sacerdotisa 2	El sacrificio...
Idolatría	El sacrificio...
Sacerdotisa 4	Sea...
Idolatría	Sea.

(Cantan la Música y todos.)

Todos   «Si obligarme desea,
humana vida el sacrificio sea.»

Sacerdote   Sin duda, el Sol, ofendido
de que en tu presencia fuera
bruta víctima una fiera,
hoy elevarla ha querido
a que sea racional,

| | dando de su enojo indicio
no ser real el sacrificio
que asiste persona real. |
|---|---|
| Inca | Si eso es lo que nos advierte,
¿Cómo qué vida es no avisa? |
| Sacerdote | Como es la sacerdotisa
a quien le toque la suerte.
    Las más nobles, dedicadas
para eso en el templo están,
deseando él cuándo serán
a su dios sacrificadas. |
| Todas | A eso obligadas vivimos
las que al Sol nos consagramos. |
| Glauca | Y de esto nos excusamos
las que patanas nacimos. |
| Inca (Aparte.) | (Si a aquélla toca —¡ay de mí!) |
| Iupangui (Aparte.) | (¡Qué pena sería tan fuerte
si a ella tocase!) |
| Inca | Y la suerte,
¿cómo suele echarse? |
| Sacerdote | Así,
   cada una, una flecha dé,
y en mi mano y en su mano
el más noble o más anciano
se ha de nombrar, para que
   vendados los ojos llegue, |

porque en señas no repare,
y de aquélla que él tomare,
el dueño al ara se entregue
 cuando cumplidos estén
los cuatro legales días
en que de sus alegrías
padres y deudos se den
 la norabuena.

Sacerdotisas   Obedientes
ya aquí las flechas están.

(Toma el sacerdote las flechas juntas, y cada una tiene la suya.)

Glauca   Luego que es malo, dirán
el no ser ninfas, las gentes.

Inca   Nombra ya el que ha de llegar.

Sacerdote   Hallándote tú aquí, no
es bien que le nombre yo.
Tú, señor, le has de nombrar.

Inca   Iupangui.

Iupangui   ¿Señor?

Inca   A ti,
pues el más noble ha de ser,
te nombro.

Iupangui   El obedecer
es fuerza.

Sacerdote	Y fuerza que aquí
	los ojos te venden.
Iupangui (Aparte.)	(Bien
	se pudo excusar, pues llego,
	aunque no los venden, ciego.

(Véndanle los ojos.)

                    ¿Quién, cielos, creyera, quién,
                        que donde Guacolda está,
                    estimara no ser ella
                    la que eligiese mi estrella?)

Sacerdote	Llega hacia esta parte.
Iupangui	Ya
	con todas las flechas di.
Sacerdote	Una has de tomar, no más.

(Llega Iupangui, y toma la flecha de Guacolda.)

                    Ya descubrirte podrás.
                    ¿A quién he elegido?

Guacolda	¡A mí!
Iupangui (Aparte.)	(¡Grave pena!)
Guacolda (Aparte.)	(¡Dolor fuerte!)

(Retíranse los dos a las dos esquinas del tablado.)

Inca	Pues no es justo que me vea,
	aunque feliz muerte sea,
	nadie condenado a muerte,
	no sin lástima me ausento,
	hermosa beldad, de ti.
(Aparte.)	(No es sino excusar que aquí
	reviente mi sentimiento.)

(Vase.)

Sacerdote	Dichosa tú, que crisol
	hoy de nuestra fe serás.

Vase.

Sacerdotisas	Venturosa tú, que vas
	a ser esposa del Sol.

(Vanse.)

Glauca	Buen parabién, pero de él
	no gusta. Mas ¿cómo estoy
	tan fiera, que a hacer no voy
	que lloro por Tucapel?

(Vanse Glauca y todos menos Iupangui y Guacolda.)

Iupangui	Dos culpas, Guacolda bella,
	resultan hoy contra mí:
	que con vista te elegí,
	y que te elegí sin ella.
	Pero ni de ésta ni aquélla
	feliz e infeliz mi suerte
	se ha de disculpar si advierte

	que una fue para adorarte,
	otra para sublimarte,
	y entrambas para perderte.
Guacolda	De una y otra —¡ay de mí!— fuera
	cualquiera disculpa error,
	y voy dejando al amor
	en aquella edad primera,
	a que no sé si sintiera
	más que eligieras tú, y no
	fuera la elegida yo.
	Y así, que errases te niego
	ciego, que no estuvo ciego
	quien lo que hubo de ver vio.
Iupangui	Ahora es mayor mi aflicción,
	viendo que en mi ceguedad
	resignes tu voluntad.
Guacolda	Quizá no es resignación.
Iupangui	Pues ¿qué?
Guacolda	Desesperación
	de que mi padre su esquiva
	enemistad vengue altiva
	en los dos, pues porque fuiste
	tú quien a Guáscar seguiste
	cuando él siguió a Atabaliba,
	por no darme a ti, forzada
	me trajo al templo. Y no sé
	si conformarme podré
	a morir sacrificada,
	pues cuando no hubiera nada

                de aquel violento rigor
                ni de este infeliz amor
                ni cuanto da que temer,
                pasar del ser al no ser
                tuviera el mismo dolor.
                   Por no sé qué natural
                luz que repugna infinito
                a que en mí no haya delito,
                y haya en un dios celestial
                sed de humana sangre tal,
                que obligue fiero y cruel
                sin odio de fe, a que un fiel
                mate a otro fiel, ¿es ley, di,
                que un dios no muera por mí
                y que yo muera por él?

Iupangui   No sé; mas sé que admirada
                mi razón con tu razón
                me ha puesto en tal confusión,
                que... mas no te digo nada
                sino solo que si entrada
                pudiera hallar para que
                sin argüir en la fe
                del Sol antes que rendida
                tu vida, viera mi vida...

Guacolda   No, no prosigas, que aunque
                   tiene a la laguna puerta
                este templo, y ella tiene
                balsas en que a tiempo viene
                bastimento, y puedo, abierta
                de noche, irme a una desierta
                isla a ocultarme oportuna,
                temiendo al Sol tu fortuna,

                en vano mi dolor cae
                en que hay noche, hay templo y hay
                puerta, balsa, isla y laguna.

(Vase.)

Iupangui   ¿Qué más claro ha de decir
                su abandonado despecho,
                que fue cómplice mi amor
                del estado en que la ha puesto
                su suerte? ¿Ni qué más claro
                me pudo su sentimiento,
                para que salve su vida,
                facilitarme los medios?
                Mas ¿cómo podré —¡ay de mí!—
                arrojarme a atrevimiento
                tan grave, como quitarle
                al Sol tal víctima? Pero
                ¿qué dudo ni qué reparo?
                Que si no hubiera preceptos
                que romper, no hubiera culpas,
                y quedaron sin aprecio
                finezas de amor que de ellas
                alimentan sus afectos.
                Iré donde si ella sale,
                a ver si temo o no temo
                al Sol, vea que...

(Sale el Inca.)

Inca   Iupangui.

Iupangui   ¿Señor?

Inca	A buscarte vuelvo
con una pena que solo
la fiara de ti.
Iupangui	¿En qué puedo
servirte, que ya tú sabes
mi amor, mi lealtad y mi celo?
Inca	De uno y otro asegurado,
sabrás que desde aquel mesmo
instante que vi la rara
hermosura sin ejemplo
de aquella sacerdotisa,
que entre el asombro y el miedo,
por vencer con menos armas,
venció sin color ni aliento,
ni vivo ni sé de mí;
y más después que añadiendo
fuerza a fuerza, rayo a rayo,
llama a llama, incendio a incendio,
la lástima de su suerte
aumentó el dolor. No quiero
tenerme en cuán poderosos
son dos contrarios afectos
que para embestir aúnan
lástima y cariño a un tiempo,
porque no muriera, diera
la vida. No, no suspenso,
no turbado, no confuso
me escuches, como diciendo
entre ti que ¿cómo al Sol
a quien tantas glorias debo,
me atrevo contra su culto,
ni aun a imaginarlo? Pero

antes que tú lo pronuncies
saldrá mi voz al encuentro
con decirte que, a un amor
que no tiene más remedio
que morir de ver morir,
no dudo dore sus yerros
a rayos del mismo Sol,
mayormente cuando puedo
desenojarle con otras
dádivas. Y remitiendo
a que sea lo que fuere,
o su perdón o su ceño,
ella ha de vivir, y tú
has der ser el instrumento.
Los cuatro legales días
en que sus padres y deudos
la celebran, engañando
el dolor con el obsequio,
te doy de plazo a que pienses
cómo ha de ser, ya tu ingenio
de la noche, la laguna,
balsas y puertas del templo
se valga, o ya tu valor,
a todo trance resuelto,
de disfraces para el robo
o de armas para el estruendo.
Tú, en fin, me la has de poner
en salvo, y después el tiempo
en desagravios del Sol
nos dirá.

Idolatría (Dentro.)   ¡Guáscar!
　　　　　　　　　　El viento
mi nombre pronuncia; gente

                será que en mi seguimiento
                viene. Para que no vean
                que hablamos solos, haciendo
                la plática sospechosa,
                mientras salirles intento
                yo por esta parte al paso,
                quédate tú aquí, advirtiendo
                que en tu ingenio o tu valor,
                honor, alma y vida dejo.
                Viva esta beldad, y viva
                tu rey, o ambos mueran.

(Vase.)

Iupangui   ¡Cielos!
                ¿Quién en el mundo se ha visto
                embestido tan a un tiempo
                de celos, lealtad y amor?
                ¿Celos dije? Bien por ellos
                empecé que son un mal
                tan descortés y grosero,
                que en concurso de otros males,
                siempre se toma el primero
                lugar. De celos —¡ay triste!—
                vuelvo a decir, pues que veo
                de otro adorada a Guacolda;
                de lealtad, pues es sujeto
                con quien yo ni declararme
                ni satisfacerme puedo;
                y de amor, pues cuando estoy,
                contra los divinos fueros
                que amenazaron su vida,
                a restaurarla, resuelto,
                aun los mesmos medios míos

                        se vuelven contra mí mesmo.
                        Pues o los consigo o no;
                        si no los consigo, dejo
                        que muera, y si los consigo,
                        es para otro. Con que en medio
                        de la argüida cuestión,
                        vengo a estar de cuál es menos
                        dolor ¿morir para mí,
                        o vivir para otro dueño?
                        En cuya confusión...

Idolatría (Dentro.)   ¡Guáscar!
                        ¡Guáscar Inca!

Inca (Dentro.)   Veloz eco,
                        ya que me vienes buscando,
                        ¿para qué te vas huyendo?

Iupangui   Otra vez la voz le llama,
                        tras cuyo sonido el centro
                        del monte penetra. Quede
                        aquí mi dolor suspenso,
                        supuesto que ni es ni ha sido
                        para terminado presto,
                        y vaya a ver qué será,
                        ya que todo es misterios
                        de Copacabana el valle:
                        voz, que sin dar con el dueño,
                        a lo más fragoso, más
                        enmarañado y desierto,
                        diciendo le lleva.

(Vase, y salen Inca y la Idolatría.)

| Inca | Dime,
pues te sigo y no te encuentro
siquiera, quién eres. |
|---|---|
| Idolatría | Yo. |
| Inca | Al verte más, lo sé menos,
y así, a preguntar quién eres,
aun después de verte, vuelvo. |
| Idolatría | Soy la deidad a quien tocan
los cultos del Sol, y vengo
a lidiar por él contigo,
y pues ha de ser el duelo,
para más vitoria mía,
cara a cara y cuerpo a cuerpo,
¿qué esperas? Llega a mis brazos. |
| Inca | Si rendido me confieso
yo a tus sombras o tus luces,
¿para qué es la lid? |
| Idolatría | ¡Qué efecto
tan propio es de los ingratos
darse por vencidos presto!
¿Cómo es posible que quien
debe al Sol tantos imperios,
impida sus sacrificios? |
| Inca | Como yo no se los debo
al Sol. Si él los dio a su hijo,
y yo de su hijo desciendo,
ya no es dádiva la mía,
sino herencia. Y fuera de esto, |

| | cuando se los deba al Sol
| | como a padre, si hoy le ofendo,
| | ¿qué hará en perdonar mañana
| | tan bien disculpado yerro
| | como amar una hermosura
| | que él crió?

Idolatría   Más que piensas.

Inca   Eso
es amenazar, y amor
no teme amenazas.

Idolatría (Aparte.)   (¡Cielos!
Durar él en su pasión
sin darle pavor mi aspecto
bien me da a entender que el día
que entra el sagrado madero
de la cruz en el Perú,
es para que lo sangriento
cese de mis sacrificios.
Mas ¿qué lo extraño, si advierto
que en el ara de la cruz
cesó todo lo cruento,
pues desde allí fueron todas
hostias pacíficas? Pero
no, no me dé por vencida,
que aunque revele secreto
que ha tantos años que guardo,
con él le pondré tal miedo
que no se atreva a impedir
que a vista del sacro leño
sean víctimas humanas
triunfos míos.)

(Al Inca.)

                En efeto,
                ¿te fundas en que es herencia
                y no dádivas este reino,
                y en que es perdonar un padre
                fácil?

Inca   Sí.

Idolatría   Pues porque en eso
                no te fíes, ni el Sol fue
                tu padre ni pudo serlo,
                ni este imperio, sin mí, pudo
                ser tuyo.

Inca   ¿Cómo?

Idolatría   Oye atento.
                Manco Capac, rico y noble
                cacique, fue a quien el cielo...
                Pero antes que yo a decirlo
                quiero que llegues tú a verlo,
                que no he de hacer sospechosa
                mi verdad. Y así, pretendo
                que su crédito afiance
                un portento a otro portento.
                ¿Qué ves en aquesta gruta?

(Ábrese un peñasco, y se ve un joven vestido de pieles, recostado en una peña.)

Inca   Un hermoso joven bello
                que sobre una piedra yace

	de toscas pieles cubierto.
Idolatría	Pues escucha lo que dice.
Inca	Ya a sus razones atiendo.
Joven	¿Cuándo, padre, será el día que de aqueste oscuro centro me saques a ver la luz? Si ya bien sabidas tengo tus lecciones; si ya cuanto me has instruido lo aprendo tan a satisfacción tuya, que te has admirado viendo que el entendimiento tuyo trasladé a mi entendimiento, ¿qué aguardas para que llegue a verme en el trono excelso que me has prometido? Mira que un bien esperado es menos todo aquello que le quita de estimación el deseo, que aunque la dicha es gran joya, esperarla es mucho precio. Ven pues, ven a que segunda vez nazca del duro seno de aquesta roca, si no quieres que a mis sentimientos lleguen tarde tus alivios, llegando mi muerte presto.

(Ciérrase la gruta.)

Inca	Aunque entiendo sus razones,

| Idolatría | el propósito no entiendo.
¿Qué mucho, si ha de decirlo
otro prodigio primero
Ya has visto el centro del monte,
pues pasa de extremo a extremo
y mira ahora la cumbre. |
|---|---|

(Va saliendo por lo alto del peñasco un Sol, y tras él un trono dorado con rayos, y en su araceli el joven ricamente vestido, con corona y cetro.)

	¿Qué ves en ella?
Inca	No puedo
decirlo, que me deslumbra
un Sol que va amaneciendo
en su horizonte.
Idolatría	Porfía
a mirarle, que lo mesmo
hacen cuantas gentes ves
concurrir a ese desierto.
Inca	Es verdad: todo poblado
de gentes está, y ya intento
verlo.
Idolatría	Y ¿qué ves?
Inca	Entre varios
tornasoles y reflejos,
que como sin ver al Sol
no se ven, ciegan al verlos,
miro que como pedazo
suyo, va otro Sol saliendo

| | en su luciente un hermoso
trono en quien, como en espejo,
parece que él mismo está
retratándose a sí mesmo. |

Idolatría   ¿Quién viene en él colocado?

Inca   Si de sus señas me acuerdo,
aquel afligido joven
que vi entre pieles envuelto,
ricamente ataviado
de ropas, corona y cetro,
me parece.

Idolatría   Oye sus triunfos,
pues oíste sus lamentos.

Joven   Generosos peruanos
cuya fe, piedad y celo
en la adoración del Sol
logra hoy sus merecimientos,
¡albricias, que ya ha llegado
el felice cumplimiento
de aquellas ya confundidas
noticias que dejó un tiempo
en la primitiva edad
de vuestros padres y abuelos,
un Tomé o Tomás, sembradas
en todo el Perú, diciendo
que en los brazos de la aurora
más pura, el hijo heredero
del gran dios había venido
luz de luz al uniuerso!
Pero aunque dijo que había

venido, habéis de entenderlo
como invisible criador
de todos los elementos,
hombres, fieras, peces y aves,
pero no en alma y en cuerpo
como hoy mi padre me envía
a ser monarca vuestro.
Si me recibís, veréis
que de este monte desciendo
a vivir con vosotros,
regiros y manteneros
en ley, en paz y en justicia;
y si no, a su trono excelso
con él me volveré, donde
ofendido en mi desprecio,
os amenazan sus rayos,
sus relámpagos y truenos.

Voces (Dentro.)   Desciende, señor, desciende,
pues te aclamamos, diciendo...

Música (Dentro.)   «Sea bien venido en joven tan bello,
el hijo del Sol a ser el rey nuestro.»

Joven   Ya voy a vosotros, pues que voy oyendo...

Música y todos
(Dentro.)   «Sea bien venido en joven tan bello,
el hijo del Sol a ser el rey nuestro.»

(Desaparecen el Sol por lo alto y, por lo bajo, el trono.)

Inca   Aún nada he entendido.

Idolatría   Ahora
lo entenderás. Oye atento.
Manco Capac, rico y noble
cacique, fue a quien el cielo
dotó, entre otras naturales
prendas, de sutil ingenio.
Éste, maquinando, el día
que su bella esposa un tierno
infante dio a luz, como
lograría verle dueño
del imperio del Perú,
me consultó su deseo,
como a deidad a quien toca,
ya te lo dije primero,
la adoración del Sol. Yo,
hallando el camino abierto
para que creciese el culto,
con el agradecimiento
le dije que, publicando
que el infante se había muerto,
con secreto le criase;
y él lo hizo con tal secreto
que aun la nutriz que encerró
con él, yace muerta ahí dentro.
Mientras el joven crecía,
también le di por consejo
que publicase que el Sol
le había revelado en sueños,
que presto le enviaría a su hijo
a dominar sus imperios.
Y como esta voz corría,
sobre aquellos fundamentos
que arruinados del olvido,
los fabricaba el acuerdo,

equivocando verdades
a sombra de fingimientos,
andaba el vulgo, ni bien
dudando ni bien creyendo,
hasta que a determinado
día convocó los pueblos
para que ocurriesen todos
a recibirle; y habiendo
con mi arte y su industria,
como has visto, en lo supremo
del monte, fingido rayos,
pudo hacer que sus reflejos,
desmintiendo lo distante,
acreditasen lo excelso.
De suerte que de este engaño
desciendes, y aunque en quinientos
años de la inmemorial
posesión, ya es tuyo el reino,
pues no hay ninguno que no
se introdujese violento;
con todo eso, el día que impidas,
u otro por ti, los decretos
que en nombre del Sol disponen
sus oráculos, es cierto
que no habiendo conseguido
yo el que vayas en aumento,
me he de vengar. Y así, teme
mis sañas, pues ves que puedo,
en desagravios del Sol,
desvanecer tus trofeos,
pompa y majestad, bien como
ves que yo me desvanezco.

(Desaparécese.)

Inca	Oye, aguarda, escucha, espera.
Todos (Dentro.)	Allí se oye; llegad presto.
Inca	¿Qué es lo que por mi ha pasado?

(Salen unos indios e Iupangui.)

Todos	¿Qué es esto, señor, qué es esto?
Inca	No sé, no sé. Cinco siglos he vivido en un momento, retrocediendo los años, y lo que he sacado de ellos es que el Sol por mí no pierda sus cultos.

(Aparte a Iupangui.)

Y así, el precepto
que te di, Iupangui, no, no
le ejecutes ni por pienso.
Muera esa beldad y viva
tu rey.

(Vanse Inca y los indios.)

Iupangui	¿Quién creerá que al tiempo que siento el mandar que viva, el mandar que muera siento? Pero nada me acobarde; en que viva me resuelvo, y enójese o no se enoje

　　　　　　el Sol, pues es tan severo
　　　　　　dios, que en su culto manda,
　　　　　　contra el natural derecho,
　　　　　　que mueran otros por él,
　　　　　　no habiendo él por otros muerto.

(Vase.)

　　　　　　Fin de la primera jornada

Jornada segunda

(Dentro cajas, trompetas, voces.)

Unos ¡Arma, arma!

Otros ¡Guerra, guerra!

Unos ¡Caciques, a la muralla!

Otros ¡A la muralla, españoles!

Unos ¡Guerra, guerra!

Otros ¡Al arma, al arma!

(Sale Tucapel huyendo.)

Tucapel Si no hubiera un coronista
que huyera de las batallas,
no hubiera como saberlas,
no habiendo como contarlas.
Y pues es éste el papel
que me toca; mientras andan
allá como suelen, yo,
escondido entre estas ramas,
también como suelo, tengo
de estar a ver en qué para
el trance de hoy, que hasta ahora
solo dicen en voces altas...

Unos ¡Arma, arma!

(Dentro las cajas.)

Otros	¡Guerra, guerra!
Unos	¡Viva el Perú!
Otros	¡Viva España!
Tucapel	¡O, si el señor Sol quisiera
	que sus paisanos lograran
	la victoria, y yo el deseo
	de poder irme a casa,
	no tanto porque en la propia
	ningún marido descansa,
	cuanto por hacerme el gusto
	de hacer el disgusto a Glauca!
	Pues desde que el español,
	cautivándome en mi patria,
	conmigo, sin saber cómo,
	dio en unas tierras extrañas
	donde su lenguaje y mío
	hicieron tal mezcolanza,
	que ya ni es mío ni es suyo,
	bien que hasta entendernos basta,
	y desde que pertrechados
	de gentes, bajeles y armas
	volvieron él y los suyos
	a navegar estas playas,
	de donde, tomando tierra,
	han talado las campañas
	que hay desde el Callao al Cuzco,
	cuya gran corte hoy asaltan,
(Dentro las cajas.)	nunca me han dado lugar
	de escaparme, por dos causas:
	una, servirles de guía

	para ir salvando sus marchas
	de pantanos y lagunas,
	y otra, que a decir no vaya
	cuán faltos de municiones
	y de víveres se hallan.
	Y así, por ambos pretextos,
	con tal cuidado me guardan,
	que al que desmandarme viere,
	que me dé la muerte, mandan;
	con que me es fuerza esperar
	día en que huyendo les hagan
	volverse al mar. Mas no creo
(Dentro las cajas.)	que hoy sea el de esta esperanza,
	pues entre las confusiones,
	que solo repiten varias...

Todos   ¡Arma, arma! ¡Guerra, guerra!

Tucapel   Lo que desde aquí se alcanza
                 es que aunque las eminencias
                 de la ciudad coronadas
                 de indios están, no por eso
                 los españoles desmayan,
                 por más que de sus almenas
                 no solamente disparan
                 diluvios de flechas, pero
                 de los peñascos que arrancan
                 despedazados los montes,
                 rodando sobre ellos bajan.
                 Alguno lo diga, pues
                 cae de la escala más alta,
                 diciendo...

(Dentro mucho ruido y cajas, sale Pizarro cayendo con espada y rodela.)

Pizarro	¡Virgen María, vuestra gran piedad me valga!
Almagro (Dentro.)	Acudid a retirarle; no consigan la alabanza estos bárbaros de que ni aun muerto pudo su saña triunfar de él.

(Salen Candia y Almagro, y Soldados, y Pizarro se levanta muy en sí.)

Los dos	¡Pizarro!
Pizarro	¡Amigos!
Los dos	¿Qué desdicha es ésta?
Pizarro	Nada.
Tucapel (Aparte.)	(Pues [que] no enterréis al mozo [junto con] Luis Quijada, ésta fue una bagatela. Volvamos a la importancia.)
Candia	¿Cómo es posible que el golpe de la peña y la distancia del precipicio te deje con la vida?
Pizarro	¿Qué os espanta si quien invoca a María, aun de más riesgos se salva, mostrando su piedad, puesto

           que en Perú nos ampara,
           repetidos los favores
           que nos hizo en Nueva España,
           cuánto de aquestas conquistas
           se da por servida, a causa
           de que mejor Sol se adore
           en brazos de mejor alba?
           Y pues conserva mi vida
           para que vuelva a emplearla
           en su servicio, ea, amigos,
           volvamos a las escalas,
           que hoy en la corte del Cuzco
           hemos de entrar si esa valla
           primero rompemos, antes
           que a socorrerla mañana,
           según dicen las espías,
           en persona llegue el Guáscar
           con inmensas gentes.

Almagro   ¿Quién
           lo duda, si en esperanza
           de propagación de fe
           y honor de María se ensalzan
           la invocación de su nombre
           en ti, y en Pedro de Candia,
           la exaltación de la cruz,
           pues vemos que en las montañas,
           como a árbol prodigioso
           que vence fieras, la exaltan
           ya infinitos indios?

Pizarro   Pues,
           con esas dos confianzas,
           ¡qué hay que temer? ¡Ea, españoles,

                al arma otra vez!

(Vanse los tres y soldados, y tocan las cajas. Hablan dentro.)

Los indios	¡Al arma, otra vez, fuertes caciques!
Unos	¡Viva el Perú!
Otros	¡Viva España!
Todos	¡Arma, arma! ¡Guerra, guerra!
Tucapel	Pues nunca en estas andanzas están bien los coronistas donde las flechas alcanzan, ¿qué haré yo de mí, y más, viendo que embisten con furia tanta, que habré de llorar mi ruina si ellos su vitoria cantan, pues en venciendo me quedo en mi patria sin mi patria, y si quiero irme, a peligro es la vida? ¡O, mal haya aquella sacerdotisa, pues por volver a buscarla con lupangui, a mi me toca todo el daño, y pues de nada ella se duele! ¡O, que no haya, de cuantos demonios, dicen los españoles, que hablan en nuestros ídolos, uno, que a costa de vida y alma me diga lo que he de hacer!

(Sale la Idolatría invisible para Tucapel.)

Idolatría	Sí habrá; pues que tú le llamas,
	que ésa es la razón con que
	Dios la cadena te alarga,
	vente, Tucapel, conmigo,
	que yo te pondré en tu casa;
(Aparte.)	(por lo que me importas
	para que vuelva a sus aras
	la hurtada víctima del Sol).
Tucapel	¿Quién eres tú que me agarras
	sin que te vea?
Idolatría	Quien puede,
	abreviando las distancias
	que hay desde el Cuzco a tu patria,
	valle de Copacabana,
	llevarte sin que te vean
	las más vigilantes guardas,
	solo a precio de que tú
	por mí en el camino hagas
	primero la diligencia
	que te dictaren mis ansias.
Tucapel	Si tienes tanto poder,
	¿cómo no la haces tú, y tratas
	de que un hombre la haga?
Idolatría	Como
	no puedo y cara a cara
	oponerme a quien me opongo.
	Y así, es fuerza que me valga

	del hombre, que él, poseído de mí, dándome él la entrada, baste a cometer delitos a que el demonio no basta.
Tucapel	¿Y cómo ha de ser el irme?
Idolatría	Prestándote yo mis alas.
Tucapel	¿De qué suerte?
Idolatría	De esta suerte. ¡Ministros, en quien entabla su imperio la Idolatría, dad al viento mi esperanza!
Tucapel	¿Pues soy tu esperanza yo?
Idolatría	Eres quien ha de lograrla,

(En un pescante desaparece Tucapel.)

pues revestido en ti el fiero
espíritu de mi rabia,
tuyas han de ser las voces
pero mías las palabras
cuando diciendo su afecto
el trance de esta batalla,
digan el suyo mis iras;
y hasta entonces, en dos varias
partes suene el eco, aquí
diciendo unos...

(Dentro las cajas a rebato y hablan dentro.)

Unos	¡Arma, arma!
Idolatría	Y allí repitiendo otros...

(Otra caja a lo lejos a marchar.)

Otros	¡Alto, y pase la palabra!
Idolatría	Con que a un mismo tiempo, yo
entre horrores y venganzas,
entre escándalos y estruendos,
diré influyendo en entrambas...
Unos	¡Arma, arma! ¡Guerra, guerra!
Otros	¡Alto, y pase la palabra!

(Con esta repetición, sonando a una parte el rebato y en otra la marcha, desaparece la Idolatría, y sale Inca con los indios que puedan armados a su modo, y el sacerdote.)

Inca	Supuesto que ya la noche
cubierta de sombras pardas
nos va retirando el día,
de aqueste monte en la falda
podrá restaurar la gente
las fatigas de la marcha,
para que con nuevo aliento,
al amanecer mañana,
demos vista a la ciudad,
llamando a campal batalla
a sus sitiadores, ya
que el socorrerla y librarla

                        a que yo en persona venga
                        me obliga.

(Sale Iupangui.)

Iupangui   Dame tus plantas.

Inca   ¡O, Iupangui, bien venido
                        seas!

Iupangui   Quien llega a besarlas,
                        es serlo.

Inca   ¿Qué responde
                        Atabaliba?

Iupangui   La fama
                        le tenía ya informado
                        de esta prodigiosa entrada
                        que han hecho los españoles,
                        y antes de oír tu embajada
                        dijo que él mismo vendría
                        a darte auxiliares armas.

Inca   ¡Con qué vergüenza lo escucho,
                        ofendido de que hayan
                        cuatro desnudos, descalzos
                        y hambrientos hombres, en tanta
                        confusión puestos mis gentes,
                        que sea fuerza que me valga
                        de mi hermano y mi enemigo,
                        solo en fe de la ventaja
                        que artificiales sus rayos
                        llevan a nuestras aljabas!

En llegando a ponderar
que en una y otra campaña,
si se contara la gente,
más de mil indios se hallaran
para cada español, pierdo
el juicio, la vida, el alma
y no sé... Dejadme solo,
idos todos; que se arranca
el corazón, y no quiero
que nadie me vea en la cara
el semblante de la ira,
sin ver él de la venganza.

Iupangui   ¿Qué extraño furor es éste
que su sentido arrebata?

Sacerdote   No sé más de que estos días
le aflige...

(Vanse los Soldados indios y el sacerdote.)

Inca   Tú no te vayas,
Iupangui.

Iupangui   Siempre yo estoy
atento a ver qué me mandas.

Inca   Oye, pues solo contigo
pueden descansar mis ansias.
Desde el día —iay infeliz!—
que te mandé que libraras
a aquella sacerdotisa,
todo es para mí desgracias,
sin que el mandarte después

| | que en su suerte la dejaras,
| | baste a que el Sol me remita
| | de aquella primera instancia
| | la culpa, pues en castigo
| | trae contra mí tan extrañas
| | gentes, como si el faltar
| | después fuese por mi causa.

Iupangui   Ya que el querer impedir
            un sacrificio le agravia,
            ¿por qué no mandas que otro
            igual a aquél satisfaga
            sus sentimientos?

Inca   Porque
            cuando lo intento, declaran
            los sacerdotes del Sol
            que sus sacros ritos mandan
            que en echándose una vez
            la suerte, porque no haya
            favor o pasión que excuse
            a aquella sobre quien caiga,
            no pueda, hasta que ella mesma
            sea la sacrificada,
            echarse otra suerte. Y esto
            dejando a sus observancias,
            ¿cómo pudo una mujer
            intentar fuga tan ardua?

Iupangui   Si es fácil amar, señor,
            dos a una hermosura rara,
            y fácil dar en un mismo
            pensamiento dos que aman,
            ¿qué admiras que otro intentase

	lo mismo, y que...?
Inca	Calla, calla; que son mucho mal los celos, para que en el desdén les hagas de acuadrillarlos con otros cuando ellos a matar bastan, mas no a mí, que en mí no hay celos.
Iupangui	¿Por qué?
Inca	Por la confianza de que aquí no hubo segundo amante.
Iupangui	¿De qué lo sacas?
Inca	Si soberana deidad tanto mi vida amenaza, que no menos que de siglos alimento mi mudanza, ¿cómo había de dejar, siendo deidad soberana, sin temor a otro?
Iupangui (Aparte.)	Bien dices. (Quédese con su ignorancia, que a mí me está bien que nunca en que hubo otro amante caiga. Es sin duda que ella, o mal conforme o desesperada, del templo se huyó.)
Inca	El asombro

| | no es ése, sino que haya
ocultádose de suerte
que diligencias tan varias
no la hayan hallado. ¿Cuál
será el centro que la guarda? |
|---|---|
| Iupangui (Aparte.) | (Eso es la que yo no puedo
decir. ¡Ay, Guacolda amada,
y como que es verdad, pues
no puede decir quien te ama
ni el villaje que te esconde,
ni el traje que te disfraza!) |
| Inca | Supuesto que en que parezca
estrivan las esperanzas
de que el Sol se desenoje,
para que venzan mis armas,
ya que todos por vencidos
se dan de que no la hallan,
haz tú por mí la fineza
de ser quien ponga en buscarla
desde hoy nuevos medios. |
| Iupangui | Yo
te doy, señor, la palabra,
en habiéndote asistido
en la facción de mañana,
que no es bien desparecerme
víspera de una batalla,
de ir a buscarla con tal
deseo, cuidado y ansia,
que ni descanse ni duerma
ni sosiegue hasta encontrarla.
Y así, si me echares menos, |

	no preguntes por mí, a causa
	de que en busca de Guacolda
	estoy.

Inca	Otra vez me abraza,
	que bien de ti esa fineza
	fío.

| Iupangui | Cree que yo he de hallarla, |
| | aunque sus recatos digan... |

Voces (Dentro.)	¡Sepúltennos las entrañas
	de los montes, pues nos echa
	de las suyas nuestra patria!

Inca	¿Qué confusas voces son
	las que parece que hablan
	en nombre suyo, pues dicen...?

Voces	¡Sean tumbas las montañas,
	que antes nos entierren vivos,
	que esclavos!

| Inca | ¡Ah de la guardia! |
| | ¿Qué voces aquésas son? |

(Sale el sacerdote.)

Sacerdote	De tropas que desmandadas,
	con sus mujeres e hijos
	y ancianos, en mil escuadras
	huyendo a ampararse vienen
	de los montes.

| Inca | Pues ¿qué causa |

	puede obligarles a tanto desorden?
(Sale Tucapel.)	
Tucapel	Oye, y sabrásla.
Inca	Sin duda traes malas nuevas, pues a todos te adelantas. ¿Quién eres?
Tucapel	El indio soy que cautivó en esa playa aquel primero español que en ella puso las plantas. Con él fui y volví con él sin poderme librar, hasta que la confusión de hoy me ha dado la puerta franca, pues habiendo la ciudad entrado a fuerza de armas los españoles, en tanto que hidrópicamente apagan en su saco las dos sedes de riquezas y viandas, en tanto que para salvar las vidas, la desamparan sus naturales, dejando bienes, familias y casas, sin poder en más la mira, que en el celo con que sacan los ídolos de los templos, a fin de que sus estatuas sin ultraje se retiren

en la custodia y guarda
del mayor adoratorio
del Sol, que es Copacabana.
En fin, en la confusión
de hoy logrando mi esperanza,
vengo, sin que lo veloz
sea en fe de traer las malas
nuevas, que quizá podrá
hacer buenas una traza,
con que pérdida tan grande
se trueque en mayor ganancia.
Los más principales cabos
de esa española canalla,
con los más soldados suyos,
se alojan en el alcázar
de los Incas. Éste tiene
al reparo de las aguas
que suelen de la ciudad
inundar calles y plazas,
entre otras muchas surtidas,
una mina que desagua
cerca de aquí, cuya boca
es preciso que ignorada
de hombres tan recién venidos,
esté a estas horas sin guarda.
Y si por ella, eligiendo
al cabo de mayor fama,
hicieses que con la gente,
también de más importancia,
la mina entrase, llevando
seca fajina a la espalda
y oculto fuego, no dudes
que si por el pie la llama
prende una vez, vuele todo,

pues su arquitectura rara
toda es preciosas maderas.
Y más si a este tiempo mandas
que se inficionen las flechas,
en vez de nócivas plantas,
de embreadas cuerdas que
entre piedra y pluma, al asta
pendientes, el aire corten,
y medida la distancia
por elevación, hicieses
darlas fuego al dispararlas,
siendo como son los techos
bitúmenes de enea y paja,
será fuerza que volando
en cada saeta una ascua,
sean también rayos nuestros
adonde quiera que caigan.
Y pues a darte este aviso
y este arbitrio me adelanta
quizá alto espíritu que
la voz mueve, el pecho inflama,
no le desdeñes, creyendo
que no te habla quien te habla,
pues aunque son mías las voces,
no son mías las palabras.

(Vase.)

Inca   Oye, espera. Detenedle.

Sacerdote   Si aun el viento no le alcanza,
no es posible.

Inca   Iupangui,

	bien este aviso declara,
	pues por sendas nos le envía
	tan nuevas y tan extrañas,
	que ya el Sol se desenoja.
	Y pues empresa tan alta
	parece que para ti
	la tuvo el cielo guardada,
	pues esperó a que vinieses
	para haber de ejecutarla,
	de toda esa gente escoge
	la de mayor confianza,
	y a ejecutar la sopresa
	parte, que en tu retaguardia,
	porque en todo trance tengas
	segura la retirada,
	con todo el grueso iré yo
	guardándote las espaldas.
Iupangui	Por tanto honor tus pies beso,
	que en la guerra, cosa es clara
	que no sirve el que obedece
	tanto como honra el que manda.
(Aparte.)	(A obedecerte voy; bien
	que con temor de que vaya
	Tucapel donde Guacolda
	está, en la choza de Glauca.
	¡O, quiera amor que sin verla
	se oculte!)
(Vase.)	
Inca	Sin tocar arma,
	marche el ejército en mudo
(Aparte.)	silencio. (No, deidad sacra,

     pues proseguí en mi afecto,
     prosigas tú en tu venganza,
     que cuando me desengañen
     ilusiones y fantasmas
     no ser mi natural padre,
     al fin no me desengañan
     no ser mi natural dios,
     y de un dios ser hijo, basta
     adoptivo, para ser
     del mundo el mayor monarca.)
     Marche el campo en tal silencio
     que aun la sordina bastarda
     no dé el orden.

(Vanse todos, y salen Pizarro, Almagro, Candia y soldados.)

Almagro   Pues ya quedan
     las centinelas dobladas,
     bien puedes, lo que a la noche
     resta, dormir.

Pizarro   Vigilancias
     de un heroico pecho, mientras
     menos duermen, más descansan.
     No solo al sueño he de dar
     el tributo de esa humana
     propensión, pero escribiendo,
     lo que de la noche falta,
     he de estar, porque es forzoso
     que de tan gloriosa hazaña
     como hoy hemos conseguido
     lleguen las nuevas a España,
     y sepan dos majestades,
     Carlos, que en Yuste descansa,

           y Felipe, que en su nombre
           reina, que ya es bien que añadan
           a los coronados timbres
           de sus católicas armas
           las columnas del Perú,
           que fijas sobre las aguas,
           con el plus ultra al non ultra
           las de Hércules aventajan.

Candia   En tanto que desvelado
           tú en eso la noche pasas,
           Almagro y yo rondaremos
           con divididas escuadras
           el palacio.

Almagro   Y no será
           fineza, que su dorada
           riqueza y sumas grandezas
           aun más deleitan que cansan.

(Vase cada uno por su puerta.)

Pizarro   Traedme aquí la escribanía
           y el bufete. Esté la carta
           escrita, porque con ella
           Fernando mi hermano parta
           al punto que...

Voces (Dentro.)   ¡Fuego, fuego!

Pizarro   Mas ¿quién en confusión tanta
           ciudad y palacio pone?
           Iré a ver de que se causa.

(Sale Candia.)

Candia
¿De qué ha de causarse, si es
un volcán todo el alcázar,
que del centro de la tierra
humo aborta y fuego exhala?
De sus bóvedas empieza,
y es que sin duda minadas
los bárbaros las tenían.

Pizarro
Acudamos a atajarlas.

Candia
Por aquí será imposible,
porque el incendio tomadas
tiene estas puertas.

Pizarro
Pues vamos
por estotra parte.

(Sale Almagro.)

Almagro
Aguarda,
que no solo...

Voces (Dentro.)
¡Fuego, fuego!

Almagro
...la salida el fuego ataja,
pero de un incendio en otro
irás a dar cuando salgas.
Encendidas flechas tanto
del aire la esfera abrasan,
que en vagas exhalaciones,
puntas haciendo en su estancia,
neblíes de fuego suben,

| | y sacras de fuego bajan |
| | a hacer la presa. |

Candia   Perdidos
somos, pues no hay quien nos valga
cuando en toda la ciudad
común el incendio clama.

(Dentro los españoles.)

Unos   ¡Que me abraso!

Otros   ¡Que me quemo!

Unos   ¡Virgen pura...

Otros   Madre intacta...

Unos   Inmaculada María...

Otros   María, llena de gracia...

Todos   ¡Favor, piedad!

Pizarro   ¡O, españoles,
qué bien vuestra fe declara
que ella es sola en las tormentas
cabo de buena esperanza!
A morir iré con todos,
porque con todos añadan
mis voces la aclamación.

Candia   Ya que la muerte nos halla,
sea con su dulce nombre

en los labios.

(Yéndose, hablan los tres y dentro todos.)

Todos ¡Madre intacta,
Inmaculada María,
favor, piedad!

(Vanse, y salen Inca, Iupangui y todos los indios.)

Inca Pues lograda
tan felizmente la acción
dejas, para que no haya
tan generosa osadía
que española salamandra
se atreva a salir del fuego,
toda la ciudad sitiada
tened, y dé en nuestras flechas
quien saliere de sus llamas.

Iupangui ¿Quién ha de salir, no habiendo
átomo que no se abrasa,
y ya los gemidos suenan
en voces tan desmayadas
que apenas se oyen o escuchan?

(Dentro a lo lejos y bajas todas estas voces.)

Pizarro ¿Hija elegida sin mancha,
del Padre...

Candia Madre del Hijo,
doncella y fecunda...

Almagro	Casta virgen, esposa del Santo Espíritu...
Pizarro	Tú nos salvas.
Candia y Almagro	Tú nos favoreces.
Todos	Tú nos socorre y nos amparas.
Inca	¿Quién será ésta a quien invocan?
Iupangui	Quien no les responde.
Inca	Calla, y volvamos a escuchar, pues tan bien suenan sus ansias.

(La Música en lo alto.)

Música	«El que pone en María las esperanzas, de mayores incendios no solo salva riesgos de la vida, pero del alma.»
Iupangui	¿Qué es esto? ¿Tristes lamentos de un instante en otro pasan a ser dulces armonías de sonoras voces blandas?

(Tocan las chirimías, y baja de lo alto, donde estará la Música una nube hecha trono pintada de serafines, y en ella dos Ángeles que hincados de rodillas traerán la imagen de Nuestra Señora de Copacabana, con el Niño Jesús en las manos. Y al tiempo que empieza a descubrirse, y todo lo que dura el paso, hasta desaparecerse, estará nevando la nube y todo lo alto del tablado.)

Inca   No es eso, no es eso solo
                 lo que admira y lo que pasma,
                 pues del oído a la vista
                 el prodigio se adelanta.
                 ¿No ves, no ves que los cielos
                 sus azules velos rasgan,
                 y de ellos luciente nube
                 sobre todo el fuego baja
                 lloviendo copos de nieve
                 y rocío, con que apaga
                 su actividad?

Iupangui   Y aun más veo,
                 pues veo que la nube baja,
                 guarnecida a listas de oro
                 y tornasoles de nácar,
                 es de una hermosa mujer
                 que de estrellas coronada,
                 trae el Sol sobre sus hombros
                 y trae la Luna a sus plantas;
                 hermoso niño en sus brazos
                 trae también. ¿Quién vio que nazca
                 mejor Sol a media noche,
                 a quien con luces más claras,
                 hijo de mejor aurora,
                 mejores pájaros cantan?

Música   «El que pone en María las esperanzas
                 de mayores incendios no solo salva
                 riesgos de la vida, pero del alma.»

Inca	Verla intento, pero apenas
a ella los ojos levanta
la vista, cuando un rocío
me ciega.
Sacerdote	A todos nos pasa
lo mismo, que un suave polvo
de menuda arena blanda
ciego nos deja.
Unos	¡Qué asombro!
Otros	¡Qué maravilla!

(Tropiezan unos con otros, como ciegos.)

Inca	¡Qué magia,
diréis mayor! Y pues no
hay contra ella fuerza humana,
acudid a la divina.
Sacerdote	Pues todas nuestras estatuas
ya en Copacabana están,
todos a Copacabana
vamos, a pedir en todas
clemencia.
Inca	Fuerza es buscarla
contra quien apaga un fuego,
y con otro nos abrasa.

(Vanse todos menos lupangui.)

Iupangui	Con todos huiré, mas no

por el temor que me causa,
sino porque en mí conozco
que no merezco mirarla.
Pero aunque yo no la mire,
tan fija llevo su estampa
en mi idea, que ha de ser
vivo carácter del alma.

(Vase. Ahora va pasando, y salen los españoles oyendo como elevados las voces.)

Ángel 1	Católicos españoles,
	ya María el fuego aplaca,
	porque perdió su violencia
	en ella desde la zarza.
Ángel 2	Vivid y venced, pues ya
	es tiempo que a estas montañas
	amanezca mejor Sol
	en brazos de mejor alba.
Los dos	Y América sepa en la fe de España.
Música	«Que el que pone en María las esperanzas,
	de mayores incendios no solo salva
	riesgos de la vida, pero del alma.»

(Desaparece el paso.)

Pizarro	Pues tan milagrosamente
	vemos que el fuego se apaga,
	debiendo a la invocación
	de María dicha tanta,
	en nombre suyo, pues va

                        de su vista huyendo Guáscar,
                        sigamos su alcance, y diga
                        el hacimiento de gracias,
                        «Si María es con nosotros,
                        ¿quién contra nosotros basta?».

Todos   ¡Arma, arma! ¡Guerra, guerra!

Unos   ¡Vea América!

Otros   ¡Y vea España!

Música y todos   «Que el que pone en María las esperanzas,
                        de mayores incendios no solo salva
                        riesgos de la vida, pero del alma.»

Todos   ¡Guerra, guerra! ¡Arma, arma!

(Con esta repetición han de sonar a un tiempo las cajas y trompetas, la Música y la representación. Se van todos y sale la Idolatría como oyendo a lo lejos y repitiendo con todas las voces.)

Idolatría   «Que el que pone en María las esperanzas,
                        de mayores incendios no solo salva
                        riesgos de la vida, pero del alma.»
                           Bien se deja conocer,
                        pues cuando pensé que había
                        logrado la industria mía
                        en ver la ciudad arder,
                           no solo para acabar
                        con los españoles fue,
                        mas para aumentar su fe,
                        y destruir y turbar
                           la de los indios, pues ciegos,

en ellos crece el temor,
y en los otros el valor,
viendo aceptados sus ruegos;
   con que ya mi monarquía
se va estrechando tirana,
pues solo hoy Copacabana
corte es de la Idolatría.
   En ella me han retirado
con mis ídolos; mas no
por eso he de darme yo
por vencida, que obstinado
   mi espíritu que no ha sido
capaz nunca de enmendarse,
vencido puede mirarse,
mas no darse por vencido.
   A cuyo efecto, pues cuantas
estatuas culto me dan
ya en Copacabana están,
en ellas influirán tantas
   sañas, iras y venganzas
mis respuestas, que me atrevo
a hacer que vuelvan de nuevo
a vivir mis esperanzas.
   Y así, siguiendo el intento
de que una amante pasión
no quite a mi adoración
lo horroroso y lo sangriento
   de mis sacrificios, hoy
el Guáscar ha de saber
de Guacolda, para hacer,
si al Sol este obsequio doy,
   mayor la victoria mía;
que si fue odio de la cruz,
ya lo es de ella y de la luz

que trajo tras si María.

(Salen Guacolda, de villana, y Glauca como hablando entre sí.)

      Esté Guacolda segura
en el oculto villaje
que la veo, y fíe del traje
rústico y vil la ventura
   de verse libre de mí;
que aunque la desdicha no
ha menester medios, yo
sabré hacer que la halle allí.

(Vase.)

Glauca   Notable melancolía
es la tuya.

Guacolda   ¿Cómo puedo
perder, Glauca amiga, el miedo
a la triste suerte mía?

Glauca   Viendo cuán segura estás
de villana disfrazada,
y demás de eso, encerrada
donde no ha entrado jamás
   nadie que a buscarme viene
y no dejándote ver,
ni pudiendo otro saber
quién eres ni quién te tiene
   aquí sino yo, parece
que es desconfiar de mí.

Guacolda   No lo creas, que ya vi

cuánto tu lealtad merece.
   Si sé que en casa naciste
hija de antiguos criados
de lupangui, y que en tus hados
primeros con él creciste;
   si sé que con Tucapel,
criado también, te casó
y que esta alquería te dio
para pasarlo con él,
   si no rica, acomodada;
si sé que el día que hubo
de fiarse de alguien, no tuvo
satisfacción más fundada
   que en ti, por tu obligación
y porque sola vivías,
pues tan ausente tenías
a tu esposo, ¿qué razón
   pudo haber para pensar
que desconfíe de ti?
Y porque creas que aquí
no me aflige ese pesar,
   sabe que mi desconsuelo
no es, sino que un bien que hubiera
solo para mí, en que viera
a lupangui, aun ése el cielo
   le niega a mi suerte esquiva,
pues apenas me dejó
aquí, cuando le envió
el Guáscar a Atabaliba.
   De él no he sabido, y con ser
la ausencia ruina de amor,
aun no es ése mi mayor
cuidado, sino temer
   no haya muerto en tanto estruendo,

| | como noticias nos dan
cuantos desde el Cuzco van
a Copacabana huyendo
   por todo aqueste distrito,
donde en fe estoy solamente
de que nadie al delincuente
busca donde hizo el delito. |
|---|---|
| Glauca | De dos extremos no sé
cuál venga a ser mayor,
tu temor o mi temor. |
| Guacolda | ¿Cómo? |
| Glauca | Como en ambas fue
   una la pena cruel
y contraria, pues si no
sabes de Iupangui, yo
tampoco de Tucapel;
   y en tormento tan esquivo,
que el mío es mayor es cierto,
pues tú temes que esté muerto,
y yo temo que esté vivo. |
| Guacolda | ¿Eso dices? |
| Glauca | Si supieras
tú lo que un marido ha sido
a todas horas marido,
eso y mucho más dijeras;
   que es verle entrar muy hinchado
diciendo... |
| (Sale Tucapel.) | |

Tucapel	Glauca, la mesa,
	y trae la comida aprisa;
	que aunque no vengo cansado,
	porque en diablos de alquiler
	es gran cosa caminar,
	con todo, ya que el no andar
	canse, cansa el no comer.
Glauca	¿Qué miro?
Guacolda (Aparte.)	(¡Desdichas mías,
	que han de descubrirme, pues
	posible esconderme no es!)
Glauca	Al cabo de tantos días,
	¿es ése modo de entrar
	en tu casa?
Tucapel	Dices bien.
	Abrázame en parabién,
	mas no sirva de ejemplar;
	que abrazo recién venido
	no es abrazo propietario,
	sino supernumerario
	con gajes de entretenido.
Glauca	De cualquier suerte que sea,
	agradece mi deseo
	el verte vivo.
Tucapel	¿Qué veo?
	Vuelva a inflamarse mi idea.
	Hermosa sacerdotisa,

	que por más que te disfraces,
	no pueden obstar al Sol
	nubes de villano traje,
	ahora veo que eres
	la deidad cuyas piedades,
	compadecidas de ver
	que por volver a buscarte
	con lupangui a la marina,
	ocasionaron mis males,
	me han buscado y me han librado
	del cautivo vasallaje
	en que estaba. Y pues, a precio
	de ejecutar el dictamen
	que en mí inspiraron tus voces,
	favor a favor añades;
	pues no contenta con que
	libre en mi casa me halle,
	también la palabra cumples
	de que cuando a ella llegase,
	había de saber quién eras.
	Ya que lo sé, y sé que sabes,
	favorecida del Sol,
	obrar prodigios tan grandes,
	permite que a tus pies, puesto
	que tanta deuda no pague,
	la reconozco a lo menos.
Guacolda	Hombre, ¿qué dices? ¿Qué haces?
Glauca	Él fue simple y vuelve loco.
Guacolda	¿Cuándo yo he podido hablarte?
	¿Cuándo dictar en tus voces
	que nada en mi nombre entables,

	ni cuándo darte palabra de que en tu casa me hallases?
Tucapel	No disimules conmigo que ya sé que las deidades hacen el bien y no quieren blasonar de que le hacen. Glauca, este hermoso milagro, que sin querer desdeñarse de pisar nuestro albergue los siempre humildes umbrales, se desdeña de que cuente yo sus liberalidades, es a quien debo la vida. Llega pues, llega a postrarte a sus pies, agradecida de que a tus ojos me trae.
Glauca	Tucapel, no una aprehensión tanto tu discurso engañe; que aquesa aldeana es mi hermana que a acompañarme vino en tu ausencia.
Tucapel	¡Qué presto, lisonjeramente afable, viendo que su gusto es ése, te pones de su parte! Pero una cosa es que ella modestamente recate sus prodigios, y que tú complacer con ella trates, y otra, obligarme las dos a que yo ingrato los calle.

(Grita.)	Sepa el mundo mis venturas... ¡Moradores de estos valles, vecinos de aquestas selvas!
Guacolda	No los nombres.
Glauca	No los llames.
Tucapel	¿Cómo no? De igual bien, todos han de ser participantes.
(Grita.)	¡Vuestro antiguo compañero, Tucapel, os llama a darle, venid todos, de sus dichas el parabien!

(Dentro villanos.)

Uno	¿No escuchasteis sus voces?
Todos	Sí.
Uno	Pues lleguemos todos a verle y hablarle.

(Salen unos villanos.)

Todos	Tucapel, muy bien venido seas.
Tucapel	Que a todos abrace es mi mejor bienvenida.
Villano 1	Desde el día que faltaste

	de la marina, por muerto
le tuvimos.
Tucapel	Dios os guarde
por la merced.
Villano 2	¿Es posible
que te vemos?
Tucapel	¿Véis cuán tarde
os parezca que he venido?
Pues ha sido por el aire,
gracias a aquesta deidad.
No te escondas, no te apartes;
que es bien que sepan la mucha
piedad que conmigo usaste.
Ella es la que prodigiosa
ha tratado mi rescate.
Llegad, llegad porque todos
la deis gracias de mi parte.
Todos	Todos a tus pies rendidos,
te estimamos que le ampares
y nos le traigas.
Guacolda (Aparte.)	(¿Quién, cielos,
pudo nunca semejante
acaso prevenir?)
Glauca (Aparte.)	(Dimos
con todo el secreto al traste
si la conocen.)

(Aparte los villanos.)

Villano 1	¿No es ésta, si no es que el deseo me engañe, aquella sacerdotisa que por no sacrificarse, del templo huyó?
Villano 2	Sí, y por quien tantas diligencias hace Guáscar, que a quien diga de ella ofrece tesoros grandes.
Villano 3	Famosa ocasión tenemos para enriquecer con contarle que está aquí, pues según dice la gente que va delante, a Copacabana viene a que el Sol su enojo aplaque, para volver a la lid.
Villano 1	Supuesto que estos villajes el paso son, al camino le salgamos para darle la nueva.
Villano 2	Disimulemos.
Villano 3	Tucapel, justo es descanses; después de espacio hablaremos.
Tucapel	Sabréis sucesos notables. Id ahora con Dios.
Todos	Adiós.

(Vanse los villanos.)

Tucapel   Glauca, ¿qué hay con que regales
           a tal huéspeda?

Glauca   ¡Bien digo
           yo, oyendo tus disparates,
           que fuiste simple y que vienes
           loco, que es... ¿no me escuchaste?
           ...mi hermana!

Tucapel   ¿También a mí
           me escuchaste tú, que en balde,
           por complacerla a que no
           es quien yo sé, me persuades?
           Y cuando tú, por llevar
           tus lisonjas adelante
           no la agasajes, sabré
           traer yo con qué la agasaje,
           pues por lo menos estamos
           en tan goloso paraje,
           que no faltarán tortillas
           de maíz y chocolate.

(Vase.)

Guacolda   ¿A qué más pudo llegar
           mi desdicha? Ya quedarme
           aquí no es posible, ni irme:
           quedarme, por si se esparce
           quien soy; ni irme, pues no sé
           dónde lupangui me halle.

Glauca	Solo un medio se me ofrece.
Guacolda	¿Qué es?
Glauca	Por si vuelve, oye aparte.

(Hablan las dos aparte, y sale Iupangui.)

Iupangui (Aparte.)	(Vehemente aprehensión, que siempre me estás poniendo delante aquella hermosa deidad que vi iluminando el aire. Deja, deja de seguirme siquiera un rato, en que allane que el vivir absorto, no es dejar de vivir amante.) Hermosa Guacolda mía, si otros hicieron constantes los instantes de la ausencia siglos, no —iay de mí!— te espantes que hallándolos yo hechos siglos, los haya hecho eternidades, dame los brazos mil veces.
Guacolda	Es tan inmenso, tan grande el bien, Iupangui, de verte, que es foroso que le extrañe; porque persuadirse un triste a que hay contento, no es fácil. En hora dichosa vengas, que aunque siempre fuera amable tu presencia para mí, pues con afectos iguales, también para mí eran siglos

                        las vidas de los instantes,
                        nunca en mejor ocasión
                        verte pude.

Iupangui   ¿Cómo?

Guacolda   Sabe
                        que Tucapel ha venido,
                        y no sé con qué dictamen;
                        empeorado de talento,
                        mejorado de lenguaje,
                        se ha persuadido a que soy
                        yo quien piadosa le saqué
                        de su esclavitud. Con que
                        solicitando mostrarse
                        agradecido, me ha muerto...
                        culpa de amigo ignorante,
                        matar con buena intención.
                        De suerte que ya ocultarme
                        aquí no es posible. Mira
                        adónde podrás llevarme,
                        pues ya, a no haber tú venido,
                        me iba yo a las soledades
                        de los montes más incultos,
                        en cuyos páramos, antes
                        que los ministros del Guáscar
                        o los del Sol me encontrasen,
                        o las sañas del león
                        o las astucias del áspid.

Iupangui   No dudes que cuidadoso
                        solicite yo ausentarte
                        adonde nuestro amor pueda,
                        sin que el rencor nos alcance,

(Aparte.)	celebrar de nuestras bodas las más amorosas paces... (¡O, bello divino asunto! No tanto tras ti me arrastres; yo iré tras ti...)
Guacolda	¿No prosigues?
Iupangui	Sí, mi bien; vuelva a cobrarme.
Glauca (Aparte.)	(Cuantos vienen, no parece que traen los juicios cabales.)
Iupangui	Por poder celebrar, digo, de nuestras bodas las paces, me valí de Atabaliba a quien di de toda parte. Él, por hija de quien tanto siguió sus parcialidades, tomándome la palabra de que yo en su vasallaje haya de vivir, me ofrece dichosas seguridades. Jurado lo dejé, en cuya fe, prevenido el viaje tengo. Vente pues conmigo;
(Aparte.)	(si no, es que el ir me embarace contigo ya otra hermosura).
Guacolda	¡Qué ventura! Glauca, dame los brazos, y adiós.
Glauca	Los cielos con bien te lleven.

(Vase.)

Guacolda   Cobarde
                   tus pasos sigo.

Iupangui   ¿Qué temes?
                   Que cuando el asegurarte
                   no fuera en mí obligación,
                   me obligara el homenaje
                   de haber dado a quien le di
                   la palabra de llevarte
                   a su presencia.

(Al entrarse diciendo estos versos, salen oyéndolos Guáscar Inca, el sacerdote, los villanos y todos los indios que pudieren.)

Inca   No era
                   menester que yo escuchase,
                   para saber tus finezas
                   y acrisolar tus lealtades;
                   que en cumplimiento, Iupangui...

Guacolda (Aparte.) (¡Triste pena!)

Iupangui (Aparte.) (¡Extraño lance!)

Inca   ...de la palabra que a mí
                   me diste, seas quien trate
                   de llevar a mi presencia
                   esa infeliz. Y no en balde,
                   al decirme esos villanos
                   de ese camino en el margen
                   que aquí quedaba, previne

	que fueses tú quien la hallases;
	a cuya causa la nueva
	me movió a que me adelante
	a ser el primero yo
	que a ella admire y a ti abrace.
Guacolda (Aparte.)	(¡Qué dolor!)
Iupangui (Aparte.)	(Ya aquí no hay más
	que morir a todo trance.)
Inca	Infausta, triste hermosura,
	que tímida e inconstante
	desdeñas, en ser esposa
	del Sol, la dicha más grande;
	él sabe que cuanto hubiera
	dado por hallarte antes
	de verte, diera después
	por no haber llegado a hallarte.
	Superior causa, que tú
	no puedes saber ni nadie
	saber puede, es a quien me obliga
	a que mi pesar restaure
	su sacrificio a las aras
	su víctima a los altares.
	Llevadla al templo; que hoy,
	sin esperar días legales,
	ha de morir. ¿Qué esperáis?
	Quitádemela de delante;
(Aparte.)	(que temo que me enternezcan
	los desatados cristales,
	que aún suelen ser vivo afeite
	de menos bello semblante).

Guacolda	Primero...
Iupangui (Aparte.)	(¡Ay de mí!)
Guacolda	...que llegue
a morir, has de escucharme.
Inca	¿Qué podrás decirme, cuando
apostatamente fácil
contra el Sol has cometido
el más sacrílego ultraje?
Guacolda	Aunque pudiera valerme
de la repugnancia que hace
a toda ley natural,
que un dios beba humana sangre,
y dentro de una ley misma,
el fiel muera y el fiel mate,
no lo he de hacer, que no quiero,
aunque en mí esta razón cabe,
escandalizar, y así
para otro apelo. Mi padre,
a quien desterrado tienes
desde las enemistades
tuyas y de Atabaliba,
sabiendo que me inclinase
amor a un cacique noble,
por ser de opuesto linaje,
forzada me trajo al templo
donde, mientras él no falte,
he vivido, con estar
casada en secreto antes.
Y así, no pudiendo ser
sacerdotisa, tocarme

| | no pudo la suerte, y pudo
aquel natural dictamen
ausentarme sin delito. |
|---|---|

| Inca | Contra que ésas sean verdades,
y no inventadas disculpas,
una sola razón baste,
¿Quién fuera noble y felice
tanto, que esposo y amante
mereciera entrambas dichas,
y en tantas penalidades
morir te dejara aleve?
Y así, mientras no declares
quién es, y él muera en castigo
de robarte y ocultarte,
rompiendo el templo en lo uno,
y en lo otro, mis bandos reales,
será en balde que te admita
la apelación. |
|---|---|

| Guacolda | Más en balde
será, advertida en su riesgo,
decirlo yo, pues librarle
a él de su afrentosa muerte,
hará la mía suave. |
|---|---|

Inca	¿A eso te resuelves?

Guacolda	Sí.

| Inca | Iupangui, ella no sabe
la lástima que se quita
con los celos que se añade.
Persuádela tú a que diga |
|---|---|

quién es, pues con eso hace
menos grave su delito,
y podrá ser que la salve
la apelación.

Iupangui   ¿Para qué
quieres, señor, que me canse
en persuadírselo a ella,
si el decirlo yo es más fácil,
a precio de que ella viva?

Inca   ¿Luego tú el cómplice sabes?

Iupangui   Sí, señor.

Inca   Por ti me vienen
todas las felicidades,
y hoy la mayor es saber
de un agresor tan cobarde,
de quien no estaré vengado
sin que el corazón le arranque.
¿Qué aguardas, pues? ¿Quién es?

Iupangui   Yo.

Inca   ¿Qué dices?

Iupangui   Que no te espantes,
pues de ocultación y hurto
fuiste tú quien me enseñaste
el modo, cuando dijiste
que para ti la robase.

Inca   Pues ¿cómo, traidor vasallo,

| | falso amigo, criado infame
la confianza ofendiste
que hice en ti? |
|---|---|
| Guacolda | No le ultrajes,
que no es él. |
| Iupangui | Sí soy. |
| Guacolda | No es;
que yo, pensando librarme,
fingí esposo que no tengo,
y él, por pensar que templases,
siendo él, tu enojo, eso ha dicho.
Y así, ¿qué esperáis? Llevadme
donde, a precio de que él viva,
con roja púrpura bañe
las aras. |
| Iupangui | Yo soy; a mí
me llevad donde derrame
deshecho coral, que ilustre
más el altar que le manche,
a precio de que ella viva. |
| Inca | Si ambos lo desean constantes,
ya que por sacerdotisa
el castigo no la alcance,
alcáncela por haber
profanado el templo. Iguales
mueran los dos. ¿Qué esperáis?
¡Llevadlos pues de aquí! |

(Al llevarlos, se desasen y se abrazan.)

Iupangui	Antes, dulce esposa...
Guacolda	Amado dueño...
Iupangui	...que yo expire...
Guacolda	...que yo acabe,
Iupangui	...feliz con mirarte muera.
Guacolda	...feliz yo con abrazarte.
Inca	¡Apartadlos! ¡Divididlos!

(Apártanlos y volviéndose a desasir, se buscan.)

Iupangui	¡Triste pena!
Guacolda	¡Dolor grave!
Iupangui	Mas aunque todos me fuercen...
Guacolda	Mas aunque todos me arrastren...
Iupangui	...volver podré...
Guacolda	...podré ir...
Los dos	a darle el último vale.
Guacolda	¡Noble dueño!

Iupangui	¡Esposa mía!

Inca	¡Que esto sufran mis pesares!
	Llevadlos, digo otra vez,
	donde ni se vean ni hablen.

Guacolda	Hasta perderle de vista,
	a aqueste tronco me enlace.

(Abrázase a una cruz.)

Iupangui	En aqueste árbol me enrede,
	hasta que a verla no alcance.

(Abrázase a otro árbol.)

Guacolda	Y pues que no acaso fuiste
	el que vencer fieras sabe,
	a cuya causa te han puesto
	colocado en tantas partes...

Iupangui	Y pues, plátano, no acaso
	eres en quien veo la imagen,
	que desde que la vi, la tuve
	en el alma por carácter...

(Quieren desasirlos, y no pueden.)

Guacolda	...tú me favorece, puesto
	que tienes poder tan grande
	en fieras, y fieras son
	los hombres que usan crueldades.

Iupangui	...tú me ampara, pues en ti

	me ocurre su luz radiante.
Guacolda	¡Infeliz amante esposo...
Iupangui	¡Infeliz esposa amante...
Guacolda	...adiós!
Iupangui	...adiós!
Inca	¿Cómo así permitís verse ni hablarse?
Unos	Como a apartarla del tronco no hay fuerza, señor, que baste.
Otros	Como no hay para moverle fortaleza que le arranque.
Inca	¿Todo, cielos, ha de ser prodigios en estos valles de Copacabana, siempre que a pisar llego su margen? ¿Con qué, o soberano Sol, que adoro, no digo padre, desenojarte podré, si traerte no es bastante, por una víctima dos? Respóndeme. ¿Qué te aplace de mí, para que ejecute tus órdenes?

(Sale la Idolatría.)

Idolatría (Aparte.)	(Que los mate, le diré.)
Inca	Si en una estatua mil respuestas solías darme, ¿cómo en mil estatuas hoy, que a tu templo se retraen, aún no das respuesta?
Idolatría	Sí daré.
Inca	¡Dicha notable, pues que ya desenojado responde! ¿Qué haré, di?
Idolatría (Aparte.)	Darles... (...muerte, iba a decir, y no puedo pronunciar.)
Inca	No calles tu decreto, pues me ves obediente a ejecutarle.
Idolatría (Aparte.)	Si deseas... (Proseguir no puedo, que al declararme, tengo un dogal en el cuello, y en el corazón un áspid.)
(Aparte.)	Si pretendes... (No es posible que ya en mis ídolos hable, siendo para mí dos veces bronce el bronce, y jaspe el jaspe; con que en más estatua que ellos todos mis sentidos yacen.)

Inca	Si a hablarme empiezas, ¿por qué no prosigues? Y si es darme a entender que hasta que mueran no merezco que me ampares, ya que apartar a los dos de los troncos no es fácil, flechados en ellos mueran por sacrílegos amantes. Disparad contra sus pechos.
Guacolda	Árbol, pues tal poder traes...
Iupangui	Deidad, pues tal poder tienes...
Guacolda	...tú me amparas.
Iupangui	...tú me vales.

(Desaparecen los dos en los dos árboles, y suenan truenos y ruido de terremoto.)

Inca	¿Qué aguardáis? ¡Disparad, digo!
Uno	¿Contra quien, si ciego el aire, el mismo polvo, la misma arena nos ciega que antes?

(Terremoto y cajas a un tiempo. Dentro los españoles.)

Todos	¡Arma, arma! ¡Guerra, guerra!
Inca	Si el español en mi alcance viene, ¿quién duda que venga con él quien al viento esparce

nieblas, que la vista cieguen
nieves, que el incendio abrasen?
No doy paso que hoy no sea
tropezando en mi cadáver;
y pues...
no hay fuerza o poder que baste,
¡al templo!

(Vase.)

Unos   ¡Al monte!

Otros   ¡A la selva!

Todos   Sin duda —¡cielos!— es grande
                 este Dios de los cristianos,
                 pues tantos portentos hace.

(Vanse huyendo. Hablan dentro los españoles.)

Pizarro   ¡A ellos, españoles!

Todos   ¡A ellos!

Pizarro   ¡Mueran antes que se amparen
                 de las breñas!

Idolatría   ¡Cielos, Luna,
                 Sol, estrellas, montes, mares!
                 ¿No bastaba enmudecerme,
                 sino a mí de privarme?
                 Pero ¿qué mucho que vea
                 contra mí prodigios tales,
                 el día que ella se ampara

de la cruz, y que él se vale
del plátano, que atributo
de María es, cuya imagen
tan fija en el alma lleva?
Mas no por eso desmayen
mis rencores; y pues soy
genio de las tempestades,
mi aliento el aire inficiones,
mi fuego el campo tale,
mi rabia los frutos hiele,
mi ira las mieses abrase,
para que muriendo todos,
primero que a Cristo aclamen,
a los embotados filos
de pestes, sedes y hambres,
ninguno pueda lograr,
en las siguientes edades,
ver que mejor Sol en brazos
de mejor aurora nace.

(Vase.)

Fin de la Jornada segunda

Jornada tercera

(Tocan las chirimías, y sale por una parte don Lorenzo de Mendoza, conde de Coruña, con acompañamiento; y por otra don Jerónimo Marañón, gobernador de Copacabana.)

Gobernador
¡Feliz, o gran don Lorenzo
de Mendoza, rama invicta
del infantado, y gloriosa
blasón de Coruña, el día
que del segundo Felipe,
que eternas edades viva,
virrey, señor, os merecen
estas conquistadas Indias!

Conde
Su majestad, que Dios guarde,
sin propios méritos, fía
de mí su gobierno en fe
de que en la obligación mía
le sirva el afecto, ya
que el mérito no le sirva.
Y pues para el que desea
acertar, tomar noticias
el primer paso es, ¿de quién
puedo mejor adquirirlas,
que de quien por montañés
Marañón, es en Castilla
tan ilustre, por su cargo
es en aquestas provincias
gobernador de tan grave
puesto, como él mismo explica,
pues al de Copacabana
pocos hay que le compitan?

Gobernador   ¿Qué noticias podré daros
que vos no traigáis sabidas,
pues todas han ido a España
ya contadas o ya escritas;
fuera de que son tan grandes
las inmensas maravillas
que obró Dios y obró su pura
virgen madre sin mancilla
desde que el día que en Perú
la cruz entró, y desde el día
que la invocación del nombre
dulcisísimo de María
se oyó en él, que me parece
que un casi agravio sería,
presumiendo no saberlas
vos, el osar yo a decirlas?
Y así, os suplico, señor,
que me excuséis de que os repita
que la cruz domeñó fieras,
vitoria muy suya antigua;
que María apagó incendios,
nevando sus mismas manos
blancos copos que con lluvias
de arena y polvo, la vista
al idólatra dos veces
cegó; y que tan peregrinas
obras, viendo que sus vanos
ídolos enmudecían
al sonido de aquel nombre
y de aquel tronco a las líneas,
introdujeron la fe,
que entre los que bautizan
y los que idólatras quedan
hubo bandos, hubo cismas

y disensiones; y en fin,
que siguiendo las conquistas,
después que se redujeron
Cuzco, Chucuito y Lima,
de cuyos conquistadores
apenas uno hay que viva,
murió Guáscar prisionero,
y su hermano, Atabaliba,
no sé cómo. Y pues no son
éstas cosas para dichas
tan de paso, remitamos
a la historia que lo escriba,
y vamos a lo que hoy
toca a la obligación mía,
y en Copacabana hablemos
no más, pues cosa es sabida
que a un gobernador no toca
hablar como coronista.
Es Copacabana un pueblo
que casi igualmente dista
en la provincia que llaman
Chucuito, pocas millas
de la ciudad de la Paz
y Potosí. Sus campiñas
son fértiles, sus ganados
muchos y sus alquerías
de frutas, pescas y cazas,
abundantes siempre y ricas,
cuya opulencia en su lengua
a la nuestra traducida,
Copacabana, lo mismo
que piedra preciosa explica.
Pero aunque pudiera ser
por esto grande su estima,

la hizo mayor, que en sus montes
yace aquella peña altiva
que adoratorio del Sol
fue un tiempo, por ser su cima,
donde diabólico impulso
hizo creer que el Sol podía
dar a su hijo para que
los mande, gobierna y rija.
A esta causa, entre la peña
y la procelosa orilla
de una gran laguna que hace
el medio contorno isla,
se construyó templo al Sol,
en cuyas aras impías
Faubro al ídolo llamaron
superior, que significa
mes santo, y mientras el cielo
no nos revele el enigma
en él, por los reservados
juicios suyos, las insidias
del antiguo áspid y en otros
oráculos, respondía
inspirando abominables
ritos, cuya hidropesía
de sangre, mal apagada
con la de las brutas vidas,
pasó a beber la de humanas
vírgenes sacerdotisas.
En fin, siendo como era
Copacabana la hidra,
principalmente después
que a su templo retraídas
trajo la guerra en estatuas
todas sus falsas reliquias;

en fin, siendo, a decir vuelvo,
Copacabana la hidra
de tantas cabezas, cuantas
el padre de la mentira
en cada suspiro alienta,
en cada anhelito inspira,
fue la primera en quien Dios
logró la fértil semilla
de su fe, siendo primeros
obreros de su doctrina
de Domingo y Agustino,
las dos sagradas familias.
Roma de América hay
quien piadosa la publica,
pues bien como Roma, siendo
donde más vana tenía
la gentilidad su trono,
fue donde puso su silla
triunfante la iglesia; así
donde más la Idolatría
reinaba, puso la fe
su española monarquía,
mostrando cuan docta siempre
la eterna sabiduría,
donde ocurre el mayor daño
el mayor remedio aplica.
Tan fecundas sus primeras
raíces prendieron, tan fijas,
que a marchitar no bastaron
sus flores todas las iras
del tiempo, pues padeciendo
destemplado todo el clima,
hambre, peste y mortandad,
no por eso desconfían,

atribuyendo a que sean
sus dioses quien los castiga,
pues antes atribuyendo
a Cristo y su madre pía,
que sus pasados errores
trata con blanda justicia,
para aplacarla trataron
hacerla una cofradía,
porque, al fin, en voz de muchos
suenan más las rogativas.
Mas como el demonio
obstinadamente lidia
en estorbar devociones,
bandos introdujo y riñas
entre dos nobles linajes,
sobre qué patrón elijan.
Los Vrisayas, de quien
cabeza es Andrés Jayra,
anciano cacique noble,
sabiendo cuanto domina
sobre las pestes su santa
intercesión, solicita
que sea San Sebastián
titular de la obra pía.
Otro, de los Anasayas
cabeza, que hoy se apellida,
por ser de aquella real sangre,
Francisco Iupangui Inca,
en que María ha de ser
la patrona, y no otro, insta.
Estas pues dos opiniones,
excusando que a rencillas
pasasen, convine en que
a los votos reducidas,

la mayor parte venciese.
Pero la noche del día
en que habían de juntarse
a resolver la porfía,
con estar las heredades
de unos y otros tan vecinas,
que en todos aquellos pagos
unos con otros alindan.
Amanecieron las mieses
de aquellos que defendían
que María había de ser
la patrona, tan floridas
con el riego de una nube
celestial, que daba grima,
dando consuelo mirar
tan juntos triunfos y ruinas,
y que en un espacio mismo
hubiese unión tan distinta,
como ser todo esto flores,
siendo todo aquello aristas.
Por algunos días duró
la admiración, repetida
la lluvia desde al noche
al alba, y desde su risa
hasta otra noche tan claro
Sol, que brotaban opimas,
a vista de sequedades,
mustias, yertas y marchitas,
las mazorcas del maíz
y del trigo las espigas.
Con este prodigio, ¿quién
dudara que reducidas
las opiniones, quedase
por su patrona divina

la siempre llena de gracia,
siempre intacta y siempre limpia?
¿Ni quién dudara tampoco
que ya una vez elegida,
fuese todo frutos, todo
salud, abundancia y dicha?
Pero entre tantos favores
no faltan penas que aflijan,
bien que tales penas ellas
se padecen y se alivian,
siendo ellas mismas remedio
del achaque de sí mismas.
Es, pues, el gran desconsuelo
de los que más solicitan
su culto, no tener para
colocar en la capilla
que labra la esclavitud,
una imagen de María.
Mil diligencias se han hecho,
pero como a estas provincias
aún no han pasado los nobles
artes de España, es precisa
cosa que supla la fe
lo que no alcanza la vista.
Dirá la objeción que cómo
no había arte donde había
estatuas de tantos dioses?
Y hallárase respondida
con saber que eran estatuas
tan toscas, tan mal pulidas,
tan informes y tan feas,
como una experiencia diga.
Pues el cristiano cacique,
que dije que defendía

de María el patrocinio,
viendo la gente afligida
y ansiosa por una imagen,
se ofreció a que él le daría
como la tenía en la mente,
hecha por sus manos mismas.
Bien creímos todos, viendo
entrar con tanta osadía
en su fábrica gloriosa,
que por lo menos sería
una que supliese, ya
que no primorosa y linda.
Pero con ser la materia
con que intentó construirla
tan dócil como es el barro,
pues no hay, sin que se resista,
cincel a quien no obedezca,
buril a quien no se rinda,
muy pagado de su hechura,
la trajo tan deslucida,
tan tosca y tan mal labrada,
que irreverente movía,
más que a adoración, a escarnio,
más que a devoción, a risa;
de que se infiere cuan brutos
sus simulacros serían,
pues éste juzgó bastar
hechura tan poco digna.
Tan corrido de baldones
se vio, de vayas y gritas,
que desde allí no ha salido
de un aposento en que habita,
donde apenas deja verse
de su esposa y su familia,

con qué intento no sé; pero
sé que durando en la villa
el desconsuelo de verse
las esperanzas perdidas
de hallar imagen, dilatan
el formar la cofradía,
a que pienso que hago falta
si mi fe no los anima.
Y así, que me deis licencia
mi rendimiento os suplica,
por pensar que en esto más
a Dios, al rey y a vos sirva.

Conde   De vuestras noticias quedo,
por más que excuséis decirlas,
bastantemente informado;
y pues no es justo que impida
mi detención vuestro celo,
id, donde de parte mía,
a la esclavitud diréis
que la ruego que me admita
por su hermano, y en mi nombre
la ofreceréis para el día
que haya imagen, las coronas
de Hijo y madre, y sea precisa
ley que me hayáis de avisar
de cuanto logre y consiga
tan piadosa afecto.

Gobernador   En eso
y en todo, es justo que os sirva
mi obediencia.

Conde   El cielo os lleve

con bien.

(Vanse el conde y el acompañamiento.)

Gobernador	Guarde él vuestra vida.
Vamos, deseos; no haga
falta la persona mía,
porque primeros fervores
que la necesidad dicta,
en viéndola remediada,
con poca causa se entibian.

(Vase. Córrese una cortina y véase a Iupangui en traje humilde de español, con taller, herramientas y demás instrumentos de escultor, como labrando una estatua tosca de madera, cuya estatura ha de ser de una vara, poco más o menos, y mientras dice los versos, esté siempre haciendo que trabaja en ella.)

Iupangui	Ya, purísima María,
que mejorando de suerte,
te adoró sin conocerte
la ciega ignorancia mía,
y ya que el felice día
de conocerte llegó,
llegue el de que logre yo
esta aprehensión que vehemente
insta en que copiarte intente,
y en que lo consiga no.
 Bien sé que nunca aprendí
esta arte, pero no sé
qué interior carácter fue
el que en el alma imprimí
desde el punto que te vi,
que aunque tan ruda se halla
al desbastar de esta talla

  la agilidad de mi estrella,
siendo imposible el tenella,
es imposible el dejalla.
  Si cuando al barro fié
el primer diseño mío
te hallaste de mi albedrío
no bien servida porque
masa quebradiza fue
del primer Adán, en cuyo
daño original arguyo
no comprendida, cuan mal
pudiera en su original
copiarse retrato tuyo.
  Ya en mejor materia fundo
este segundo diseño,
pues te fabrico de un leño,
a honor del Adán segundo.
Permite, pues, que vea el mundo
que en esta fábrica mía,
pues a un madero se fía,
aúnen a mejor luz
la materia de la cruz
y el retrato de María.
  Y vos, Niño Dios, que aquí
gozando los tiernos lazos
de sus amorosos brazos,
significar pretendí,
pues no hay facultad en mí
ni para dejar la acción
ni para su perfección,
usad de vuestra piedad,
o dadme la habilidad
o quitadme la aprehensión.

(Sale Guacolda vestida a la española.)

Guacolda   Aunque te enojes, Francisco,
de que entre donde deseas
tanto estar solo, no puedo
excusarlo.

Iupangui   María bella,
dulce amada esposa mía,
¿contigo enojarme? Ofensa
haces a mi amor.

Guacolda   Si veo
que a todos, señor, ordenas
que no entren aquí, ¿qué mucho
que yo disgustarte sienta?

Iupangui   La ley de todos, María,
no es bien contigo se entienda;
fuera de que tú no haces
compañía, con que es fuerza
que la soledad tampoco
estorbes.

Guacolda   De qué manera
ni estorbar la soledad
yo, ni hacer compañía pueda,
no sé, que al parecer son
proposiciones opuestas.

Iupangui   No son; que el que ama y lo amado
son solo una cosa mesma;
y así, viviendo yo en ti
y tú en mí, la consecuencia

                es fácil de que no añades
                nuevo número a la cuenta;
                con que alma del alma, y vida
                de la vida, cosa es cierta
                que ni acompañas ni estorbas,
                pues de la misma manera
                que en presencia estás conmigo,
                estás conmigo en ausencia.

Guacolda   Solo puedo responder
                a tan hidalga fineza,
                que el no entrar a todas horas
                aquí, no es en consecuencia
                de que otros no entren, sino
                que nada te divierta
                la ocupación; pues por mucho
                que te desveles en ella,
                más la debemos a quien
                hacer el obsequio intentas.
                Pues debemos a María,
                después de tantas tragedias
                como pasamos huyendo
                de Guáscar, tantas miserias
                como después padecimos,
                acosados de la guerra,
                hasta venir a tomar
                puerto en nuestra misma tierra,
                la suma felicidad
                de llegar a conocerla,
                y admitir la ley de un dios
                de tan divina clemencia
                y tan humana piedad,
                que primero que yo muera
                por él, ha muerto por mí,

que fue el dictamen de aquella
natural luz que a no verme
sacrificada hizo fuerza.
Y así, dándole las gracias,
libres de tantas tormentas,
pasemos a la disculpa
de que a embarazarte venga.
Los Vrisayas, movidos
de Andrés Jayra, su cabeza,
la ocasión aprovechando
de su retiro y la ausencia
del gobernador, han hecho
hoy junta, y resuelto en ella
que no se haga cofradía
pues no hay para quien hacerla,
el día que no hay imagen.
Los Anasayas, con esta
novedad, viendo que tú
en el empeño los dejas
y no pareces, se han dado
por vencidos; de manera
que a estas horas están todas
tus pretensiones deshechas,
tus diligencias frustradas
y tus esperanzas muertas.

Iupangui　　No están, y pues tan a un tiempo
de unos la acción, y la queja
de otros llega, que podré
a entrambas satisfacerlas;
a los unos, con que tienen
imagen, pues ya está hecha,
y a los otros, con que no
me ausento menor tarea

                        que la de estarla labrando,
                        no dudes que se convenzan.
                        Cierra este taller, y nadie
                        entre en él hasta que vuelva.

(Vase.)

Guacolda   Inés.

(Sale Glauca.)

Glauca   ¿Qué mandas?

Guacolda   Que cierres
                        de ese aposento la puerta
                        y traigas la llave. Virgen
                        soberana, madre y reina
                        de hombres y de ángeles, llegue
                        día en que nos amanezca
                        tu aurora en Copacabana.

(Vase.)

Glauca   La llave no da la vuelta,
                        y temo que he de quebrarla
                        si porfío; quede puesta
                        en la cerradura, pues
                        aquí nadie sale ni entra.

(Al irse por una parte, sale por otra Tucapel.)

Tucapel   ¡Cé, Glauca, Glauca!

Glauca   ¿Quién es?

	¿Quién de ese nombre se acuerda?
Tucapel	El menor marido tuyo, que humilde tus plantas besa.
Glauca	Mejor dirás mi mayor quebradero de cabeza. Ven acá, bestia en dos pies, que son las peores bestias. Si sabes que nuestro amo, obligado a la fineza con que a su esposa la tuve disfrazada y encubierta, apenas se vio en su casa, cuando nos redujo a ella, en tiempo de tantas hambres, ansias, pestes y miserias; si sabes que no queriendo admitir la verdadera ley que ellos y yo admitimos, durando siempre aquel tema de los pasados furores, fantasías y quimeras que ha tiempos de ti te privan, te echó de casa, con pena de que si volvías a entrar idólatra por sus puertas, te había de moler a palos, ¿cómo con tal desvergüenza osas llegar hasta aquí, sin que su castigo temas?
Tucapel	Como la necesidad tiene una cara de hereja

	tan mala, que es menor daño
el ver la tuya que el verla.
Desacomodado y pobre
perezco, y viéndole hoy fuera
de casa, me atreví a entrar
a pedirte que te duelas
en este estado de mí;
porque esperar a que sea
cristiano será imposible,
que hay otro yo que en mí reina,
a quien ofrecí alma y vida
cuando presumí que fuera
la sacerdotisa quien
me había traído a tu presencia.
Glauca	Pues dile a ese señor diablo
que tus acciones gobierna,
que yo digo que es un tonto,
pues ya que a pedir te fuerza,
pedir diciendo pesares
es política muy necia.
Con esto, y con que en tu vida
ni me hables ni me veas,
vete, o no te vayas, pues
podrá ser que el amo venga,
y a los susodichos palos
ejecute la sentencia.
(Vase.)	
Tucapel	Oye, aguarda... No es posible
seguirla sin que me vea
la demás gente de casa;
y ya que solo me deja

en este zaguán, adonde
hay a un aposento puerta,
y está en él la llave, tengo
de ver si hay algo que pueda
llevarme hacia allá con que
repare alguna pequeña
parte a mi necesidad.

(Mira por la cortina sin correrla.)

Más ¡qué inútil diligencia,
pues todo cuanto hay aquí
son solo cuatro herramientas
y una mal formada estatua!
¿Quién creerá ser tan adversa
la infame de mi fortuna,
que ya que a hurtar me resuelva
cuando me da la ocasión,
me quite la conveniencia?
Pero por poco que valgan
cepillos, cinceles, sierras
y escoplos, algo valdrán;
con todos cargar pretenda.

(Vase sin abrir la cortina. Habla dentro la Idolatría.)

Idolatría	¡Ladrones, ladrones!
Tucapel	¡Cielos! Muerto soy si aquí me encuentran. ¿Quiera mi suerte...
Idolatría	¡Ladrones!

Tucapel   ...que acierte dar con la puerta?

(Suena dentro ruido como que tropezando derriba el taller y sale huyendo, y al irse él, sale la Idolatría.)

Idolatría   Sí darás, porque estas voces
solo en tus oídos suenan,
articuladas de mí,
porque al ir huyendo de ellas,
te haya hecho el temor que en todo
tropieces como tropiezas,
para que sin que haya mano
tan sacrílega, tan fiera,
tan bárbara, tan enorme,
que ejecute la violencia
de derribar esa estatua,
la halle quebrada y deshecha
su artífice; que aunque yo
por mano del hombre pueda,
ya lo dije, obrar insultos,
no sé qué tiene ésta
aun ni imagen de María,
que su respeto me fuerza
a haber hecho en el acaso
tolerable indecencia.
Diga la historia que halló
su fábrica descompuesta,
mas no diga que hubo quien
osase descomponerla.
¿Quién creerá que cuando estoy
huida, arrojada y depuesta
de tan alta monarquía,
de majestad tan suprema,
como en esta mayor parte

del mundo tuve sujetas
a mi imperio tantas gentes,
tantos mares, tantas tierras
y tantas adoraciones,
solo gima, llore y sienta
pensar que en Copacabana,
que el adoratorio era
del gran ídolo de Faubro,
cuerpo que con tres cabezas
equivocaba lejanas
noticias de que Dios sea
uno y trino, se ha de ver,
¡ay de mí! —la imagen puesta
de María—? Porque es
cerrarme todas las puertas
a la esperanza de que
jamás a cobrarse vuelvan
imperios, aras ni altares
que... y sé que donde llega
la devoción de María,
para siempre viva y reina.
¿Pues qué si a aqueste dolor
se añade, que no hay pequeña
circunstancia que no aflija,
si entre las grandes se encuentra,
el ver que un indio bozal,
sin más arte ni más ciencia
que un rasgo, un viso, un bosquejo,
que él se dibujó en su idea,
se persuade a que ha de hacer
escultura tan perfecta,
que, retrato de María,
ser colocada merezca?
Bien sé cuánto es imposible

conseguirlo su torpeza,
mas la fe con que la labra
me ofende de tal manera,
que por vengarme en la fe
aun más que en la suficiencia
no ha de haber medios que no
ponga astucias y cautelas,
no solo en desvanecer
el afán de sus tareas,
pero el afecto a que aspira,
haciendo que no le tenga
la congregación; a cuya
causa moveré pendencias,
rencillas y disensiones
entre aquesas dos opuestas
familias, de suerte que
tan desde luego se enciendan,
que desde luego se escuche
decir a espadas y lenguas...

(Hablan voces dentro.)

Ella y unos   ¡Mueran hoy los Anasayas!

Ella y otros   ¡Hoy los Urisayas mueran!

Vase la Idolatría, y salen acuchillándose de una parte Andrés, y de otra, Iupangui, y en dos bandos todos los indios que puedan, y Tucapel.

Andrés   ¡Aquí, deudos!

Iupangui   ¡Aquí amigos!

Tucapel   Ver de lejos, ¿no es gran fiesta

	cuchilladas?
Voz	Para, para.

(Sale el gobernador.)

Gobernador	Acudid, todos aprisa. Tened, apartad. ¿Qué es esto? ¿En cuarto días de ausencia hace mi persona falta, de suerte que lo que encuentra primero es un alboroto tan grande?
Iupangui	Que me detenga tu respeto, es justo.
Andrés	Solo él mi cólera pudiera suspender.
Gobernador	Esa atención por ahora os agradezca el no enviaros a una cárcel, hasta que la causa sepa, por si antes de escribirla es capaz de componerla. ¿Qué ha sido esto?
Iupangui	Andrés Iayra lo dirá, que es bien prefiera la autoridad de sus canas, y fío de su nobleza que no dirá cosa que

no esté en toda razón puesta.

Andrés   En fe de esa confianza,
usaré la licencia.
Yo, señor, que un tiempo fui,
bien como todos, de aquella
idólatra ceguedad
que creyó que el Sol pudiera,
siendo sin alma y sin vida,
solo un material planeta,
habernos dado a su hijo;
oyendo la diferencia
que hay de criador a criatura,
y viendo las excelencias
de ley tan en natural
razón, que para creerla,
sin sus milagros, bastara
la suavidad de sí mesma;
convencido en mi pasado
error, la admití y con ella
la piadosa esclavitud
de la gran patrona nuestra.
He asentado este principio
para que nunca se crea
pue es relajación en mí,
haber hecho resistencia
a que mientras que no haya
decente imagen que pueda
colocarse, estén la obra
y la esclavitud suspensas.
En esto yo y mis parciales
hablamos, y como llegan
las voces de un barrio a otro
tan otras que no son ellas,

quejoso Francisco Inca,
de que yo hiciese en su ausencia
junta sin él, llegó a hablarme
con más pasión que paciencia.
Yo también, no me disculpo,
debí de dar la respuesta
sin paciencia y con pasión;
de suerte que a las primeras
razones, viendo él y yo
cuanto mejor se remedia
una injuria de la espada,
llegamos a lo que has visto.
Diga él si hay más causa que ésta.

Iupangui ¿Cómo puedo y negar
que ésa es la verdad, si es vuestra?
Solo añadiré, señor,
que reñimos tan apresa,
que no hubo lugar de que
lo que iba a decirle sepa;
y así, permitid que aquí
diga lo que allá dijera.

Gobernador Decid.

Iupangui Concedo que erré
el la escultura primera
la materia de la imagen
que ofrecí; y en consecuencia
de que hay humano yerro
que no le dore la enmienda,
de las varas del maguey,
por ser preciosa madera
e incorruptible, otra imagen,

                           desbastadas las cortezas,
                           del corazón he labrado,
                           por parecerme que sea
                           corazón e incorruptible,
                           de ambos decente materia.
                           A satisfacer con esto
                           a unos, de que imagen tengan,
                           y a otros, de que mi retiro
                           no de otra causa proceda,
                           iba, cuando, ya lo dijo
                           Andrés, la cólera nuestra
                           no dio a pláticas lugar.
                           Y puesto que tu presencia
                           le da, y que lo que ahora digo
                           es lo que entonces dijera,
                           quien quiera satisfacerse
                           de verdad tan manifiesta,
                           en buen paraje se halla,
                           pues está mi casa cerca.

Gobernador   Yo, no por satisfacerme,
                           pues fuera dudarlo ofensa,
                           la hechura iré a ver, por solo
                           la curiosidad de verla.

Todos   Todos sirviéndote iremos.

Iupangui   Venid, pues.

Tucapel (Aparte.)   (Porque no tenga
                           sospecha de que yo fui
                           el que dio con todo en la tierra,
                           con ellos iré, que no
                           hay mejor quitasospechas

       que el no huir el agresor.)

(Entran por una puerta y salen por otra.)

Iupangui	Antes que os abro la puerta donde la imagen está, habéis de oírme una advertencia.
Gobernador	¿Qué es?
Iupangui	Que estando solo en blanco, haber de suplir, es fuerza, ahora en lo que no es, lo que será cuando tenga la encarnación de los rostros y manos, y la viveza de la estofa del ropaje, que es lo que no he de ponerla yo, sino un pintor que dora el retablo de la iglesia, que en la ciudad de la Paz, la orden de Francisco ostenta.
Gobernador	Claro está que en blanco, solo da de lo que ha de ser muestra.
Iupangui	Pues con esta prevención, la imagen que labré es ésta.

(Corre la cortina, y se ve el taller derribado, la estatua deshecha y los instrumentos esparcidos.)

Todos	¿Qué imagen?

Iupangui	¡Cielos! ¡Qué miro!
Gobernador	Que aquí solo a verse llegan mal desunidos pedazos, que esparcidos por la tierra, no solo imagen son, pero aun de serlo no dan señas.
Andrés	¿Esto es lo que nos traéis a ver con tan satisfecha presunción?
Gobernador	¿Cómo en disculpa no habléis de esta inadvertencia?
Iupangui	Como un dolor, que en menores pedazos que ésos, me quiebra el corazón en el pecho, ha embarazado a la lengua la voz, y tras ella el uso de sentidos y potencias.
Andrés	Bien se ve que esto no es más que un imaginario tema de María; y pues que tengo tan a vista la evidencia de lo poco que esto puede venir a ser, no os parezca rebeldía el mantener que hasta que haya imagen bella, no ha de haber congregación. Y ansí, vos, por vida vuestra, que esto de labrar estatuas lo dejéis a quien lo entienda.

Gobernador	¿Quién os persuadió a que pudo haber, sin estudio, ciencia?
Tucapel y unos	¡Qué delirio!
Otros	¡Qué locura!

(Vanse.)

Iupangui
Por más que todos me afrentan,
perdido desvelo mío,
me aflige y me desconsuela
más el mirar vuestro ultraje,
que el padecer mi vergüenza.
Si es, Señora, esto en castigo
de que un bruto indio se atreva
a copiar vuestra hermosura,
humildemente sobre estas,
antes que fábricas, ruinas,
os ruego, pecho por tierra
que me quitéis la aprehensión
o me deis la suficiencia;
porque mientras que de vos
o el olvido no me venga,
o no me venga el favor,
por mí no ha de quedar esta
viva fe de que he de veros
en Copacabana puesta
en alto solio, y...

(Sale Guacolda.)

Guacolda   Francisco,

                        ¿qué es esto? Que la pendencia
                        antes, después el concurso
                        de gente, absorta y suspensa
                        me tuvo. Sepa qué ha sido.

Iupangui   ¿Qué quieres, María, que sea
                        sino poca suerte mía?

(Corre la cortina.)

                        Mira... Pero no lo veas;
                        no te quiebre el corazón
                        ver mi dicha en polvo envuelta.
                        ¿Quién aquí cuando salí
                        entró?

Guacolda   Nadie, que yo sepa.

Iupangui   Pues sabrás...

(Dentro Glauca.)

Glauca   ¿Qué atrevimiento
                        es éste? ... [e-a]

Iupangui   ¿Qué es eso, Inés?

(Salen Glauca y Tucapel.)

Glauca   Que no solo
                        aquí Tucapel se entra,
                        pero no hay como echarle
                        de casa.

Tucapel (Aparte.)	(Mi muerte es cierta.)
Iupangui	Ven acá. ¿No te he mandado que no entres por esas puertas?
Tucapel	La novedad de entrar todos me permitió la licencia.
Iupangui	¿Y cuando todos se van, cómo tú solo te quedas?
Tucapel	Como aunque más lo procuro, nunca encuentro con la puerta.
Iupangui	¡Qué necia disculpa! Pero aunque castigar divierta de otra suerte tu osadía, no ha de ser sino aquesta... entra a esa cuadra...
Tucapel (Aparte.)	(Los palos llegaron, pues quiere vea el daño que hice.)
Iupangui	...y en una caja que hallarás en ella, pon cuanto en ella hallares de instrumentos y herramientas, y carga con ello, y ven conmigo, porque tú a cuestas lo has de llevar donde yo te mandare.
Tucapel	Considera...

Iupangui	¿Qué?
Tucapel	...que no podré llevarlo.
Iupangui	¿Por qué?
Tucapel	Porque y experiencia
tengo de que para eso
no alcanzan, señor, mis fuerzas.
Iupangui	No repliques; que ha de ser.
Tucapel	No ha de ser.
Iupangui	Sí ha de ser. Entra;
que es servicio de María.
Tucapel	Ya el obedecerte es fuerza.

(Vanse Glauca y Tucapel.)

Iupangui	Tú, querida esposa mía,
dame a una ausencia licencia;
que nadie ha de verme hasta
que con la escultura vuelva
hecha toda una ascua de oro,
por si suple la riqueza
lo que el arte le ha faltado.
Guacolda	¿Para eso pides licencia,
cuando para eso aun mi amor
te rogara que te fueras?
Solo me pesa que esté,

	de pestes, hambres y guerras,
	tan en necesidad suma
	nuestro caudal, que cubierta
	no la puedes traer, Francisco,
	de oro, diamante y perlas.
	Pero ya que no es posible,
	débate yo una fineza.

Iupangui   ¿Qué es?

Guacolda   Que te lleves contigo
las pocas pobres joyuelas
que me han quedado; y si no
te bastare el precio de ellas
para pagar el dorado,
con una «S» y clavo sella
mi rostro; que pues esclava
dos veces de María bella,
una, y otra tuya soy,
a ninguno hará extrañeza
ver que esclava de dos dueños,
uno para otro me venda.

Iupangui   ¿Qué quieres que te responda,
sino que no me enternezcas?
Yo llevo con qué pagar.

Guacolda   Pues ya está la caja puesta,
y con ella Tucapel,
esperándote a la puerta.

Iupangui   Dame los brazos, y adiós.

Guacolda   Él con bien a ellos te vuelva.

Iupangui ¡Quién no sintiera el dejarte!

Guacolda ¡Quién el verte ir no sintiera!

Iupangui ¡Qué pena!

Guacolda ¡Qué dolor!

(Vanse cada uno por su parte, y sale por el medio la Idolatría.)

Idolatría ¿Qué
dolor puede ser? ¿Qué pena
la que empezando en ultraje,
camina a ser excelencia?
¿Qué es esto, cielos? ¿Tan firmes
raíces prende, flores echa
y frutos brota una planta
de fe en tan árida tierra
como el corazón de un indio,
que no impidan a que crezca
ni el ábrego de mis iras
ni el cierzo de mis violencias?
¿qué me ha servido —¡ay triste!—
que en la escultura primera
oyese tantos baldones,
ni que en la segunda vuelva
con nuevo escarnio de todos
a ver ruinas y oír afrentas,
si nada le desconfía,
si nada le desespera?
Y antes de los mismos medios
que usé yo para romperla,
usa él para fabricarla,

　　　　　　　　　pues me obliga, pues me fuerza
　　　　　　　　　en aquel indio a quien yo
　　　　　　　　　asisto a que le obedezca,
　　　　　　　　　siendo yo misma en mi agravio
　　　　　　　　　cómplice contra mí mesma,
　　　　　　　　　pues puse a servir un noble
　　　　　　　　　espíritu de soberbia.
　　　　　　　　　Y aun no para aquí el prodigio
　　　　　　　　　de su fe, sino en que quiera
　　　　　　　　　mi cólera adelantarme,
　　　　　　　　　mal valida de mis ciencias
　　　　　　　　　todo su triunfo, porque
　　　　　　　　　antes de ser le sienta.
　　　　　　　　　Dígalo el que, sincopando
　　　　　　　　　el tiempo, le veo que llega
　　　　　　　　　ya al dorador, a quien oigo
　　　　　　　　　qué le dice.

(Salen a una parte del tablado Iupangui y un dorador.)

Iupangui　　　　　Yo quisiera,
　　　　　　　　　pues ya habéis visto la imagen,
　　　　　　　　　que lo que yo en componerla
　　　　　　　　　tardé, tardéis en dorarla,
　　　　　　　　　porque de aqueste manera
　　　　　　　　　no perdamos tiempo.

Dorador　　　　　Amigo.
　　　　　　　　　lo que he sacado de verla
　　　　　　　　　es que vuestro celo es bueno,
　　　　　　　　　mas la habilidad no es buena.
　　　　　　　　　Cuánto gastéis en dorarla
　　　　　　　　　perderéis, pues imperfecta
　　　　　　　　　siempre ha de quedar, supuesto

	que está tan sin arte hecha,
	tosca y mal pulida.

Iupangui   Eso
no corre por vuestra cuenta.

Dorador   Sí corre. ¿He de poner yo
mano en cosa que no sea
después de provecho?

Iupangui   No
deis tan áspera respuesta
a quien humilde os suplica,
y lo que ha de pagar ruega;
pues cuanto el precio, si no
bastaren estas monedas
de oro, que es cuanto ha podido
dar de mi corta hacienda,
yo me quedaré a serviros
hasta quedar satisfecha
la paga, y un año más
de balde sobre la deuda.

Dorador   No sé qué os diga; ese afecto
me ha trocado de manera
que no solo he de doraros
la imagen, pero ni aun esas
monedas he de tomar.
Guardadlas para la vuelta,
y venid conmigo, no
a servir, sino a que sea
vuestro hospedaje mi casa
el tiempo que aquí estéis.

Iupangui	Si era mi obligación ser criado, ya me hace esclavo la vuestra.
Dorador	Venid conmigo.
Iupangui	Los cielos la piedad os agradezcan.
(Vanse.)	
Idolatría	Sí harán, pues es obra suya el que un corazón se mueva tan de un instante a otro. Cielos, baste, baste la experiencia sin que queráis que mis ansias a más tormento transciendan, anteviendo que dorada la imagen, vuelve con ella a Copacabana, adonde porque en su casa no tenga otro riesgo, fray Francisco de Navarrete en la aldea de San Pedro, que es doctrina suya, la guarda en su celda. ¡Qué de luces, qué de voces en ella alumbran y suenan todas las noches! De cuyo divino pasmo da cuenta a los de Copacabana, para que viniendo a verla, de ella agradados la lleven en procesión a su iglesia. Con que una sola esperanza

             a mis sentimientos queda,
             y es que haya quien todavía
             por dorada que la vea,
             dure en la opinión de que
             no ha de colocarse mientras
             no se halle otra más hermosa.
             ¡O, si en esta conferencia
             venciese Iayra, pues viene
             diciendo después de verla...!

(Salen Andrés Iayra, Iupangui, el gobernador y algunos indios.)

Andrés   Por más dorada que esté,
             de estar informe no deja.

Iupangui   Para suplirme algo hay una
             fuerte razón.

Andrés   ¿Cuál es?

Iupangui   ¡Ésta!
             Si en lo inmenso no se da
             medida, y no está más cerca
             del Sol el que está en la cumbre
             que el que en el valle se asienta,
             claro está, pues de María
             es la perfección inmensa,
             que el mejor retrato suyo
             no se acerque a su belleza
             más que se acerque el que menos
             hermosa la manifiesta.
             Pues siendo así, que hay en todos
             que suplir, suplid en esta
             copia aquello más que ahí

	la necesidad dispensa.
Gobernador	Dice bien.
Andrés	Yo lo concedo en cuanto a que nadie pueda hacer perfecto retrato, mas no ha de ser de manera que al verle, la devoción peligre en la irreverencia. Y así, en tanto que no haya mejor hechura que ésa, no ha de entrar en la capilla.
Gobernador	Sí ha de entrar; que la fe es ciega y no mira a lo que es, sino a lo que representa.
Andrés	Aqueso es querer que el mando a la razón haga fuerza.
Gobernador	No es sino querer que el celo con el tiempo no se pierda, mayormente cuando hoy tenemos tres concurrencias que en ningún día del año habrá.
Todos	¿Qué son?
Gobernador	La primera, que aquel ídolo de Faubro, que mes santo se interpreta, simboliza al de febrero,

que es el que mañana empieza.
La segunda es que al segundo
día suyo se celebra
la gran purificación
de María; y la tercera,
que aquesta festividad
se llama de las candelas.
Luego si el ídolo Faubro
en febrero se destierra,
y el lugar que estuvo inmundo
se purifica con bella
luz de fe, ¡qué día tendremos
para celebrar la fiesta,
en que purificación
haya mes santo y luz nueva!

Andrés   ¿Veis todas esas razones?
              Pues a mí no me contentan.

Todos   Ni a nadie mientras no haya
              escultura más perfecta.

(Vanse, y quedan el Gobernador e Iupangui.)

Gobernador   Francisco, ¿veis esto? Pues
              nuestra fe no descaezca.
              Yo tengo al virrey escrito
              cuanto nos pasa, y que tenga
              memoria de las coronas
              que ofreció, con que con ellas
              más adornada la imagen,
              no dudo mejor parezca.
              Cuidad de ella vos, en tanto
              que yo, andas y altar prevenga,

| | coro y música; que vos
| | y yo hemos de hacer la fiesta
| | solos, aunque nadie acuda.

(Vase.)

Iupangui   María divina y bella,
             yo no supe más ni pudo
             extenderse a más mi idea.
             Perdóname, y si por mí
             el pueblo no os reverencia,
             no corra eso a cuenta mía.
             Volved vos por la honra vuestra.

(Vase Iupangui.)

Idolatría   ¡Quién no fuera inmortal para
             matarse antes que lo viera!
             Mas —¡ay!— que no solo tengo
             de verlo cuando suceda,
             pero aun desde ahora, pues
             en la aprehensión de mis ciencias
             estoy —¡o, ansia, lo que corres!—
             viendo —¡o, dolor, lo que vuelas!—
             que el generoso Mendoza
             que hoy estos reinos gobierna
             como quien tiene a María
             en el corazón impresa,
             pues el Ave María es
             el timbre de su nobleza;
             avisado —¡ay, infeliz!—
             del gobernador, en muestra
             de su devoción, trayendo
             las coronas de la ofrenda,

a hallarse en su translación
viene. Con que unirse es fuerza
para su recibimiento
ambos bandos, de manera
que saliéndole al camino,
veo que a decirle llegan...

(Dentro.)

Todos   ¡Viva el ínclito Mendoza,
que en justicia y paz gobierna!

(Salen todos, el conde, el Gobernador, Andrés e Iupangui.)

Gobernador   ¿Vuecelencia, gran señor,
en estos valles?

Conde   Habiendo
sabido por el vuestro aviso
que ya está todo dispuesto
para ir a Copacabana
desde el lugar de San Pedro
la imagen que labró el indio,
a hallarme en la fiesta vengo
como congregante suyo,
y a cumplir mi ofrecimiento,
trayendo las dos coronas,
bien que humilde corto obsequio,
mas no todas veces puede
seguir el don al deseo.

Gobernador   Vos seáis muy bien venido,
que bien menester habemos
este honor para que sea

| | grande su acompañamiento, |
| | que sin vos fuera muy solo. |

Conde   Pues ¿no están todos los pueblos
             convocados?

Gobernador   Hay, señor,
             mucho que decir en eso.

Conde   ¿Qué hay que decir?

Andrés   Si me dais
             licencia, yo, pues que tengo
             la culpa, daré, señor,
             la disculpa. Yo me he opuesto
             a que no es decente imagen
             la que hasta ahora tenemos,
             porque es labrada de un hombre
             sin arte, ciencia ni ingenio;
             y por no ver deslucido
             su culto en el desaseo,
             han seguido mi opinión
             muchos que no quieren cuerdos
             colocar una escultura
             que hace indevota el afecto.

Conde   ¿Quién la labró?

Iupangui   Yo, señor.

Conde   Pues ¿qué os movió, no teniendo
             ciencia ni experiencia, a ser
             escultor?

Iupangui	Un pensamiento
en que fue más imposible
que el serlo, el dejar de serlo.
Conde	Yo la he de ver, y veré
de ambos la razón.
Iupangui	Bien presto
podréis.
Conde	¿Cómo?
Iupangui	Como está
en ese cercano pueblo,
por no tenerla en mi casa
sin el debido respeto,
que está en la de un religioso.
Conde	Pues vamos allá, que quiero
desengañarme yo a mí,
y componer este duelo
como más convenga a gloria
y honra suya.

(Vanse el conde, el gobernador y todos menos Andrés e Iupangui.)

Andrés (Aparte.)	(Yo me huelgo
de que vaya a verla, pues
es fuerza ofenderse en viendo
su deformidad.)

(Vase.)

Iupangui	Señora,

                        en vista está vuestro pleito,
                        pues de todos abogada
                        sois, hoy sedlo vuestra.

(Vase y tocan las chirimías.)

Idolatría   ¡Cielos!
                        ¿Qué fe es ésta de este indio,
                        que penetrando los cielos,
                        logra —¡ay de mí!— que las nubes
                        rasguen sus azules velos,
                        y que alados querubines,
                        iluminando los vientos,
                        desciendan sobre la imagen?
                        A tan alta fe, a misterio
                        tan grande, a favor tan sumo,
                        ni hay ciencia ni hay sufrimiento.
                        Canten ellos mientras yo
                        sufro, lloro, gimo y peno.

(Vase. Tocan las chirimías, córrese la cortina, y se ve en un altar adornado de
                        luces y flores la imagen dorada, y al mismo tiempo,
                        en dos apariencias que llaman sacabuches, bajan dos
                        Ángeles la imagen, y ella se va convirtiendo como mejor
                        pueda ejecutarse en una imagen de nuestra Señora con
                        el Niño Jesús en los brazos, la más hermosa, adornada
                        y vestida que se queda, que será aquella misma que se
                        vio en la apariencia del incendio
y de la nieve. Cantan, la Música siempre dentro.)

Ángel 1   «Venid, corred, volad,
                        y al terreno pensil
                        trocad, ángeles, hoy
                        el trono de zafir.»

Música	«Volad, corred, venid.»
Ángel 2	«Venid, corred, volad, pues es la causa a fin de hermosear el retrato de vuestra emperatriz.»
Música	«Volad, corred, venid.»
Ángel 1	«Venid, corred, volad donde puedan suplir aciertos del pincel, errores del buril.»
Música	«Volad, corred, venid.»
Ángel 2	«Venid, corred, volad, que hay quien quiera argüir mancha en copia de quien nunca la tuvo en sí.»
Música	«Volad, corred, venid.»
Ángel 1	«Venid, corred, volad, veréis que al esparcir el aire su cabello, tremola todo Ofir.»
Música	«Corred, volad, venid.»
Ángel 2	«Venid, corred, volad, y en el blanco matiz de su frente hallaréis

	deshojado el jazmín.»
Música	«Volad, corred, venid.»
Ángel 1	«Venid, volad, veréis en sus ojos lucir luceros ciento a ciento, estrellas mil a mil.»
Música	«Volad, corred, venid.»
Ángel 2	«Venid, corred, que en dos mitades da a un rubí su púrpura el clavel, la rosa su carmín.»
Música	«Corred, volad, venid.»
Ángel 1	«Venid, corred, volad, que en su mano a bruñir da torneado alabastro lecciones al marfil.»
Música	«Corred, volad, venid.»
Ángel 2	«Venid, corred, volad, que de uno a otro perfil hoy lucen en febrero las flores de abril.»
Música	«Corred, volad, venid.»
Ángel 1	«Y a vosotros mortales, a admirar, a advertir...»

Ángel 2	«Que los yerros del hombre enmienda el serafín.»
Los dos y Música	«Corred, volad, venid, veréis cuanto mejoran en vuestra emperatriz aciertos del pincel, errores del buril. Corred, bolad, venid.»

(Tocan las chirimías, y desaparecen los ángeles, quedando en las andas la imagen vestida, y salen Iupangui, el conde, el gobernador, Andrés y todos.)

Iupangui	Ésta, señor, es la breve esfera donde ahí la tengo depositada, hasta ver si tanta dicha merezco como verla colocada.
Andrés (Aparte.)	(Ahora es cuando al verla, es cierto que se ha de desagradar.)
Conde	¡Ni en mi vida vi más bello simulacro de María!
Iupangui	¡Qué es esto, cielos, que veo!
Gobernador	¡Cielos, qué es esto que miro!
Andrés	¿Quién retocó aquel bosquejo que tan inculto dejamos?
Iupangui	Pasóse de extremo a extremo

	a ser alcázar mi reina,
	pues la que allá en un momento
	encontré deshecha, aquí
	tan adornada la veo,
	siendo la misma que yo
	vi nevar sobre el incendio.
Conde	¿Cómo vos tan atrevido,
	tan rara perfección viendo,
	a decir os atrevisteis
	que era retrato imperfecto?
Andrés	Como no es ésta la estatua
	que aquí dejamos.
Gobernador	Sí es, puesto
	que nadie aquí entró, ni ha habido
	por diligencias que ha hecho
	nuestro cuidado en buscarla,
	otra en todos estos reinos.
Andrés	Pues si es ella, aquí han andado
	más celestiales obreros.
Conde	Es sin duda, porque no
	pudo el humano desvelo,
	sin divino auxilio, haber
	tal hermosura compuesto
	ampos y copos parece
	de su rostro, y de su cuello
	la blancura.
Gobernador	Yo diría
	que agraciado el trigueño,

| | en ella hicieron unión
nieve y azabache a un tiempo. |
|----------|---|

Unos
    Ninguno dijera bien,
que sonrosados reflejos,
rosas y claveles son
sus tornasoles.

Iupangui
Yo, ciego
a sus rayos, de colores
no puedo hacer juicio, atento
a la risa con que mira.

Andrés
    ¿Qué risa, si lo severo
de su semblante está dando
igual temor y respeto,
sino es que sea a mí, por más
que de mi error me arrepiento?

Todos
    A todos ha parecido
diferente.

Conde
    Fuerza es, puesto
que a lo divino no alcanzan
los humanos ojos nuestros.

Iupangui
Dichosa mi insuficiencia
fue, pues si docto maestro
la hubiera labrado, a él
se atribuyera el acierto,
y no pasara de allí
la admiración a portento.

Conde
    Dadme los brazos, que bien

                        se ven los merecimientos
                        de vuestra fe; y pues tenéis
                        vos tratado su respeto
                        de más cerca, poned vos
                        las coronas a sus dueños.

(Toma Iupangui las coronas, sube la grada, y mientras las pone, el gobernador va repartiendo velas que traerá uno a todos.)

Iupangui   Ya no como a hechura mía,
                    como a reina os reverencio,
                    pues os entrego coronas.

Gobernador   En tanto iré repartiendo
                    las velas que ha de llevar
                    todo el acompañamiento.
                    Vos, pues vinisteis a honrarnos,
                    habéis de ser el primero.
                    Id aora tomando todos.

Conde   Apartaos todos, que quiero
                    ver si las coronas vienen
                    a medida... ¡O, cuanto siento
                    que la del Hijo a la madre
                    cubra el rostro! ¿Podrá esto,
                    decid, pues vos la labrasteis,
                    tener ahora remedio
                    con que bajando las manos,
                    deje el rostro descubierto?

Iupangui   Mal podré atreverme yo
                    a retocarla, teniendo
                    oficiales que sabrán
                    mucho mejor que yo hacerlo.

(Aparta la imagen, dejando en el brazo izquierdo el niño que tenía en entrambas manos, con que viene la derecha a quedar en el aire desocupada.)

Conde   Pues desconsuelo es bien grande.

Iupangui   No es muy grande el desconsuelo.

Conde   ¿Cómo?

Iupangui   Volved a mirarla,
                  veréis que aparta de en medio
                  del pecho donde tenía
                  a su Hijo el brazo izquierdo,
                  y recostándole al lado
                  del corazón, el derecho
                  también desviado, deja
                  todo el rostro descubierto.

Unos   ¡Qué maravilla!

Otros   ¡Qué asombro!

Unos   ¡Qué prodigio!

Otros   ¡Qué portento!

Conde   No solo portento, asombro
                  es y maravilla, pero
                  aun todo eso incluye en sí
                  más reservado misterio.
                  Haber reclinado al Hijo
                  al abrigo de su pecho,
                  dejando la mano diestra

                        desocupada, ¿no es cierto
                        que es para que yo esta vela
                        ponga en ella, conociendo
                        que es la purificación
                        su principal ministerio?

(Pone la vela en la mano.)

                        Mirad cómo representa
                        de la suerte que fe al templo,
                        mostrando que al templo hoy
                        va también, y si allí vemos
                        que fue purificación
                        su festividad, lo mesmo
                        vemos aquí pues, clara
                        sacrílega, tanto tiempo
                        purifica de su antorcha
                        la luz, a cuyos reflejos
                        se van de la idolatría
                        las sombras desvaneciendo.

(Dentro terremotos y dice Idolatría.)

Idolatría   Y para confirmación
                        de que es verdad que me ausento
                        para siempre, resignando
                        en María mis imperios,
                        cuantos espíritus tuve
                        en los idólatras pechos
                        aposentados, conmigo
                        irán de su vista huyendo.

Todos   ¿Qué nuevo prodigio es éste?

(Sale Guacolda.)

Guacolda   Yo lo diré, pues viniendo
                      a lograr hoy en mi esposo
                      el triunfo de sus desvelos,
                      he hallado por el camino
                      sanos a muchos enfermos,
                      con pies a muchos tullidos,
                      y con vista a muchos ciegos.
                      Y lo que es más, muchos indios
                      que poseídos de fieros
                      espíritus han quedado
                      libres, a voces diciendo...

Voces (Dentro.)   ¡María es la Virgen Madre
                      y Cristo es el Dios verdadero!

(Salen Tucapel y otros indios.)

Tucapel   Dígalo yo, pues cobrado
                      en mi natural acuerdo,
                      a voces pido el bautismo.

Unos   Todos decimos lo mesmo.

Todos   ¡María es la virgen madre!
                      ¡Cristo es el Dios verdadero!

Iupangui   Feliz el día que logra
                      tantas dichas mi deseo.

Guacolda   Feliz el que yo en tu busca
                      vine a merecer el verlo.

Andrés	Feliz para el que miro
tan mejorados mis yerros.
Gobernador	Feliz el que en mí ha logrado
la devoción de mi afecto.
Conde	Y más feliz para mí,
que descubrí en mi gobierno
tan alto tesoro. Y pues
más que esperar no tenemos,
empiece la procesión,
que yo he de ser el primero
que aplique el hombro a las andas.
Gobernador	Intentarlo para ejemplo
de todos, basta. Llegad
los nombrados para eso,
y los músicos entonen
dulces cánticos.

(Salen los músicos y las mujeres, vestidas de estudiantes, como seises, con sobrepellices y bonetes.)

Música	Sí haremos.

«Venturosa la mañana
que en duplicado arrebol
nos nace con mejor Sol
la aurora en Copacabana.» |
| Voz 1 | «Piedra preciosa solía
llamarse su esfera hermosa,
pero hoy la piedra preciosa
es la imagen de María.» |

Voz 2	«Del Faubro la Idolatría que la poseyó tirana, más luz en febrero gana, pues de nuestra fe crisol...»
Música	«Nos nace con mejor Sol la aurora en Copacabana.»
Tucapel	Yo, pues de mi esclavitud libre por ella me veo, por mí y por todos, es bien pida el perdón de los yerros.
Iupangui	No es, pues de todos la ufana voz dirá al reino español, que en su imagen soberana...
Música y todos	«Hoy nace con mejor Sol la aurora en Copacabana.»

(Con esta repetición, encendidas las velas de todos, y en forma de capilla, cantando delante los músicos, dará vuelta en hombros al tablado la imagen; y porque no se embarace en entrar, caerá una cortina que cubra todo el tablado.)

Fin

Libros a la carta

A la carta es un servicio especializado para
empresas,
librerías,
bibliotecas,
editoriales
y centros de enseñanza;
y permite confeccionar libros que, por su formato y concepción, sirven a los propósitos más específicos de estas instituciones.

Las empresas nos encargan ediciones personalizadas para marketing editorial o para regalos institucionales. Y los interesados solicitan, a título personal, ediciones antiguas, o no disponibles en el mercado; y las acompañan con notas y comentarios críticos.

Las ediciones tienen como apoyo un libro de estilo con todo tipo de referencias sobre los criterios de tratamiento tipográfico aplicados a nuestros libros que puede ser consultado en Linkgua-ediciones.com .

Linkgua edita por encargo diferentes versiones de una misma obra con distintos tratamientos ortotipográficos (actualizaciones de carácter divulgativo de un clásico, o versiones estrictamente fieles a la edición original de referencia).

Este servicio de ediciones a la carta le permitirá, si usted se dedica a la enseñanza, tener una forma de hacer pública su interpretación de un texto y, sobre una versión digitalizada «base», usted podrá introducir interpretaciones del texto fuente. Es un tópico que los profesores denuncien en clase los desmanes de una edición, o vayan comentando errores de interpretación de un texto y esta es una solución útil a esa necesidad del mundo académico.

Asimismo publicamos de manera sistemática, en un mismo catálogo, tesis doctorales y actas de congresos académicos, que son distribuidas a través de nuestra Web.

El servicio de «libros a la carta» funciona de dos formas.

1. Tenemos un fondo de libros digitalizados que usted puede personalizar en tiradas de al menos cinco ejemplares. Estas personalizaciones pueden ser de todo tipo: añadir notas de clase para uso de un grupo de estudiantes, introducir logos corporativos para uso con fines de marketing empresarial, etc. etc.

2. Buscamos libros descatalogados de otras editoriales y los reeditamos en tiradas cortas a petición de un cliente.

www.ingramcontent.com/pod-product-compliance
Lightning Source LLC
LaVergne TN
LVHW041334080426
835512LV00006B/449